현대시와 표절 양상

현대시와 표절 양상

박 종 석

도서출판 역락

글머리에서

오늘날처럼 창작과 표절 시비가 빈번한 적은 없다. 문학 작품뿐만 아니라 생활에서 쓰이는 글까지 포함해서 여러 장르에 걸쳐 표절 문제는 심각한 상황이다. 심지어는 교육부 장관 임명 건에서 학문적 표절로 인한 사퇴 압력, 대학 총장의 논문 표절 시비가 사회를 떠들썩하게 하고 있다. 이처럼 표절과 창작의 경계 문제는 심각한 수준이 된 지 오래다. 창작과 표절의 경계를 무시하고 그냥 작자(작가와는 분명 다른 개념이고, 글쓰기의 의미로 한정함)들이 자신의 감정과 욕망을 표현하는 것이 횡행(橫行)하는 시대가 되었다.

시대가 변화할수록 대중 매체는 보편화되고, 이 매체를 통한 수많은 글쓰기가 등장하고 있다. 이런 가운데 소위 명작(名作)이 탄생할 수도 있지만, 원작과 표절작이 뒤바뀌는 현상과 함께 창작 정신의 고갈이 우려되는 것도 사실이다. 이는 원작자의 정신적 피해일 뿐만 아니라 실제로 법적인 시비까지 벌어지는 경우도 종종 있다.

현대 문명의 첨단의 감각을 항상 지녀야 하고, 문학의 제 현상을 예의주시하여 문학과 비문학의 경계를 넘나들면서 텍스트에 대한 정확한 분석을 내려야 하는 비평가의 책무도 새삼 무겁게 느껴진다. 이 책무가 비평가의 운명이라면, 본 졸저는 그 운명을 소극적으로 수용하는 자세의 결과물일 것이다.

본 졸저는 여기저기 산발적으로 발표했던 논문들의 연장선상에서 창작과 표절 문제를 체계적으로 검토할 필요성이 있다는 판단에 따라 집필한 것이다.

본 졸저의 내용은 다음과 같다.

첫째, 표절과 창작의 문제점을 검토했다.
둘째, 창작과 표절 시비를 장르별로 정리했다.
셋째, 해결책을 논의하는 순으로 검토했다.
넷째, 표절 논란에 대한 몇 가지 이야기를 덧붙였다.

행여나 필자의 입론(立論)이 지나치게 경직되었는지 조심스럽다. 혹시나 거론된 작품의 작가들과 필자의 시각차가 문제 되지 않을까 하는 걱정도 앞선다. 창작과 표절 문제는 한국문학사에서 분명 고뇌할 부분이다. 이는 비단 비평가의 몫만은 아닐 것이다.

2008년 울산 無鄕山房에서
박 종 석

차례

도작·표절·용사 그리고 애매함의 진실 __177

현대시의 표절 양상 검토

1. 서론

(1) 문제 제기

최근 일련의 문화 현상을 점검해 보면, 몇 가지 점에서 눈에 띄는 특징이 있다. 그 가운데 하나는 이미 알려진 작품을 모방(模倣) 혹은 표절(剽竊)하는 작품들이 많아졌다는 사실이다. 심지어는 유명 작가의 작품인지 위작(僞作)인지를 알 수 없어 법적 판단에 맡겨야 하는 상황이다.[1] 물론 유명 화가의 표절 그림일 경우, 그 상업적 가치가 사뭇

---

1) 이중섭(1916~1956) 화백 그림의 위작 논란이 유족과 미술품감정협회 간의 대립이 팽팽해지면서 갈수록 미궁에 빠져들고 있다(허문명 기자, ≪동아일보≫, 2005. 4. 26).

달라지기 때문에 사회적 혼란을 야기하기도 한다. 문학 작품뿐만 아니라 학문 연구에서도 표절 문제가 심각한 수준에 도달했다.[2] 그래서 오늘날 문화 현상을 <모방·표절의 혼돈 시대>라고 부른다.[3]

> 우리는 매일 표절시비를 벌인다
> 네 하루가 왜 나와 비슷하냐
> 내 인생이
> 네 사랑은
> 그렇고 그런 얘기들
>
> 밤 전철에서 열 사람이 연이어 옆사람
> 하품을
> 표절한다
>
> ─김경미, 「표절」(『이기적인 슬픔들을 위하여』, 창작과비평사, 1995)

다매체 시대와 함께 사회적 분위기가 글쓰기를 요구하는 시대가 되었다. 문학에서 순수 창작의 시대는 가고 보편적 '글쓰기의 시대'가 도래한 것이다. 그래서 단지 표현의 욕망과 목적의식의 글쓰기 시대가 되면서 '작가'가 따로 존재하는 시대는 지난 것이다. 글 쓰는 이가 많다고 해서 문제가 있는 것은 아니다. 이러한 표현과 목적의 글쓰기에 따른 사소한 부주의나 노력 부족으로 인해 생긴 표절 문제가

---

2) 한국도 '표절 공화국'이란 오명을 벗어나야 한다. 표절을 하고선 떳떳하게 세계를 활보할 수 없는 시대다. (중략) 표절 관련 규정을 정비하고 실질적인 교육을 통해 표절을 추방해야 하는 이유는 명백하다(≪동아일보≫, 2007. 2. 20).
3) 졸고, 「모방과 표절 시비」, 『한국 현대시의 탐색』, 역락, 2001, 269쪽.

일반적인 글쓰기에만 그치지 않는다는 데 문제의 심각성이 있는 것이다.

작가들의 창작이 표절의 의심을 받고 있다. 아예 창작보다는 표절을 전제로 창작하는 양심 없는 작가들도 있다. 이로 인해 원작이 아닌 경우 일반 독자들이나 연구자들이 이를 제대로 파악할 수 없다는 것이 문제다. 설령 표절 혐의가 짙다고 하더라도 정확하게 표절 여부를 짚는 기준이 없다는 점이 또한 문제가 아닐 수 없다. 그래서 원작과 표절작이 가려지는 일정한 기준이 분명하게 존재해야 할 필요성이 있는 것이다.[4] 이러한 전제에서 본고는 시작한다.

책의 표지로부터 작품의 일정 부분 또는 전체를 표절하는 경우, 이러한 표절을 통해서 얻어지는 명성이나 소득이 많기 때문에 문제가 생긴다.[5] 문학 수준을 높이면서 문인들의 명예와 함께 현실적인 노력

---

4) 논문의 표절 여부를 미리 검색할 수 있는 인터넷 사이트가 정부 차원에서 구축된다. 문화관광부는 14일 학계 문화예술계의 표절 방지 대책을 발표하면서 국립중앙도서관 등 여러 곳의 논문 데이터베이스(DB)와 연계해 표절 여부를 검색할 수 있는 '표절검색시스템'을 2009년까지 구축하겠다고 밝혔다. 이 시스템은 자기 논문이나 보고서를 해당 인터넷 사이트에 올리면 기존 논문과 3문장 이상 같다거나 7단어 이상이 같다는 식으로 표절 기준에 저촉되는 경우를 알려준다. 이는 미국의 유수 대학이 채택하고 있는 '논문 표절 인증제'와 중고교 교사를 위한 유료 표절 감식사이트 '턴잇인(www.turnitin.com)'을 정부 차원에서 구축해 무료로 활용할 수 있도록 하겠다는 것이다(권재현 기자, 「표절, 피해자 신고 없어도 처벌」, 《동아일보》, 2007. 3. 15).

5) 표절 시비로 소송이 붙어 1심 법원에서 원작사가(원고) 측에 3,000만 원의 손해 배상 판결이 났던 가수 조용필의 대표곡 「돌아와요 부산항에」와 관련해 표절 의혹을 받았던 피고 황 모(65) 씨가 원고 측에 1심 손해배상액의 5배가 넘는 합의금을 주고 소송을 끝내는 것으로 조정이 이뤄졌다. 4일 서울고법에 따르면 「돌아와요 충무항에」를 작사한 가수 김 모(1971년 사망) 씨의 어머니 강 모(80) 씨가 「돌아와요 부산항에」 작사가 황 씨를 상대로 낸 손해 배상 청구 소송 항소심에서 황 씨가 강 씨에

의 대가를 지불하는 각종 문예 현상 공모는 순기능이 있지만 '표절(剽竊) 내지는 도작(盜作)'과 같은 역기능도 있다. 오늘날 신춘문예 당선작에 대해서 표절 시비가 끊이지 않는 것이 이를 증명한다. 신춘문예 당선자 가운데 "최초의 여류 작가인 김명순은 최초의 문예 당선 작가이자 또한 최초의 표절 작가란 영욕을 함께 지닌"[6] 문인이었다. ≪청춘≫ 현상 모집에 3등으로 입상한 「의심의 소녀」를 춘원 이광수가 표절작으로 단정한 사례도 있다. 김병익은 『한국문단사』에서 춘성(春城) 노자영(蘆子泳, 1898~1940)[7]이 1920년대 도작가로 정평이 나 있었다고 한다.

이 같은 표절 문제는 작가들의 창작 의식의 고갈에 대한 징후이며, 또한 작가들의 정신적 고뇌의 해이(解弛)에 연유한 것이다. 표절

게 1억 6,000만 원을 주는 것으로 조정이 이뤄졌다. 소송 당사자 간의 임의 조정은 성립과 동시에 확정 판결과 같은 효력을 가지며 항소심 재판부는 김 씨와 황 씨 중 누가 원작사가인지에 대해서는 따로 판단하지 않았다. 김 씨가 작가한 「돌아와요 부산항에」에는 "꽃 피는 미륵산에 봄이 왔건만 / 님 떠난 충무항에 갈매기만 슬피우네"로 시작해 황 씨가 가사를 쓴 「돌아와요 부산항에」의 "꽃 피는 동백섬에 봄이 왔건만 / 님 떠난 부산항에 갈매기만 슬피우네"와 산, 항구 이름 등 고유명사만 약간 다를 뿐 상당 부분 일치한다. 강 씨는 "황 씨가 아들의 가사를 표절해 피해를 봤다"며 2004년 1억 7,800여 만 원의 손해 배상 청구 소송을 내 일부 승소했으나 배상액이 적다며 항소했다(이종석, ≪동아일보≫, 2007. 6. 5).

6) 김병익, 「표절과 도작」, 『한국문단사』, 문학과지성사, 2003, 112쪽.

7) 현대시인, 수필가. 호는 춘성(春城)이고 고향은 황해도 장연 또는 송화군으로 전해지고 있지만 정확하지는 않다. 평양숭실중학교 졸업. 고향의 양재중학교에서 교편을 잡은 적이 있으며, 1919년 상경하여 한성도서주식회사에 입사하였다. 이때 ≪서울≫, ≪학생≫지의 기자로 있으면서 감상문 등을 발표하였다. 1925년경 일본으로 건너가 니혼대학에서 수학하고 귀국하였으나 폐질환으로 5년간 병상 생활을 하였다. 1934년 ≪신인문학≫을 간행하였으나 자본 부족으로 중단하고, 1935년에는 조선일보사 출판부에 입사하여 ≪조광≫지를 맡아 편집하였다. 1938년에는 기자 생활을 청산하고 청조사(靑鳥社)를 직접 경영하기도 한 바 있다(≪국어국문학자료사전≫, 690쪽).

시비로 인해 파생되는 문제점을 몇 가지 정리하면 다음과 같다.

첫째, 문학의 권위가 실추된다. 이는 문단 전체에 대한 불신으로 이어질 수 있다.

둘째, 표절로 인해 법적인 문제까지 비화되면 순수 문학의 장이 붕괴될 수 있다.

셋째, 창작 문학이 보호받을 수 없다. 이로 인한 창작 의욕 상실로 순수 문학이 점점 사라지게 된다.

넷째, 유명 작가일수록 표절작으로 인해 문학의 권위와 작품의 평가가 실추될 수 있다.

따라서 이 같은 문제 해결을 위해서는 표절 논란에 관한 명쾌한 기준이 설정되어야 한다. 그리고 표절 혐의 작품은 반드시 원작의 출처를 밝혀 창작 문학의 보호와 함께 작가의 신뢰를 회복해야 한다. 뿐만 아니라 표절 작가에 대해 문단 내부의 일정한 조치가 있어야 할 것이다.

이 같은 문제점을 해결하기 이전에 무엇보다 중요한 것은 창작과 표절의 경계를 설정하는 일이다. 그래서 본고는 문학 장르 가운데 현대시를 중심으로 표절의 양상을 검토해 그 경계를 설정하고자 한다.

(2) 방법론 논의

창작과 표절을 구분 짓는 경계는 무엇인가? 경계의 문제는 바로 표절의 판단 근거이다. 당연히 표절을 명작으로 보지는 않는다. 하지만 훌륭한 모작(模作)들이 세상에 널려 있음을 부인할 수가 없다. 분명한 것은 진짜 같은 가짜는 제대로 평가받지 못할 뿐만 아니라 보는 이로 하여금 큰 실망을 안겨 준다는 사실이다.

『삼국유사』에 앵무새 이야기가 나오는데, 진짜처럼 속인 앵무새는 거울 속의 앵무새가 바로 자신이라는 것을 알고 슬퍼서 죽었다는 내용이다. 짝을 잃은 앵무새가 거울 속에 비친 앵무새를 짝으로 착각하였고, 그 착각을 깨닫는 순간 죽었다는 내용이다. '앵무새'와 '거울 속의 앵무새'는 같을 수 있을지는 모르지만 분명히 다른 앵무새는 아닌 것이다. 마찬가지로 표절작은 원작과 가까울 수는 있지만 또 다른 창작품이 될 수가 없다. 그래서 훌륭한 표절일진대 그 이상의 의미는 없는 것이다. 따라서 순수 창작을 통해 자신의 영혼을 구축하는 창작자들이 어떤 자세를 가져야 하는지 알 수 있다.

창작과 표절을 구분 짓는 가장 손쉬운 방법은 표절 작가가 스스로 고백하는 방법이다. 그러나 이 경우는 매우 드물다.

원작자가 먼저 문제를 제기하는 것도 하나의 방법이다. 이럴 경우 원작과 표절작에 대한 시비와 함께 그 범위의 논란이 야기되는 것은 당연하다. 따라서 이 문제의 해결책은 창작과 표절의 경계 설정이다. 예술 장르 가운데 음악이나 미술의 경우는 표절이나 위작을 판단하는 장치가 있지만,[8] 문학의 경우는 그 경계 설정 자체가 모호한 상태

---

8) "감정에 쓰인 안료를 미량 채취해 채색 연대를 밝히는 방법, 화지 절단면의 산화 정도를 측정해 종이 제작 연대를 확인하는 방법"으로 위작 판단이 가려진다고 한다(장택동 기자, 「이중섭–박수근 화백 위작 논란 그림/ 검찰, 2,682점 재감정 의뢰키로」, ≪동아일보≫, 2007. 1. 6).
음악의 경우는 표절의 기준은 "최근까지 음악계에서 8마디 이하를 베끼면 표절이 아니라는 오해가 널리 퍼져 있었다. 원곡에서 한두 마디 가져다 쓰는 샘플링은 표절이 아니라는 인식도 퍼져 있었다. 그러나 원곡의 멜로디, 가사, 리듬, 편곡 방식 등을 허락 없이 가져다 쓰면 표절이다. 표절 논란을 불러일으킨 작곡자들이 흔히 주장하는 '원곡의 일부를 사용했다' '모티브를 가져왔다' '트렌드다' '참고했다'라는 말은 통하지 않는다(조규철–유니버설 퍼블리싱 코리아 대표, ≪동아일보≫,

이다. 따라서 이의 경계를 설정할 필요가 있는 것이다.

현대시의 표절 여부를 가리는 방법은 시의 모든 요소를 대상으로 검토하는 방법이다. 크게 형식적 구성의 문제와 내용상 발상의 문제로 접근할 수 있겠다.

구성의 문제는 시가 행과 연으로 이루어졌다는 점에서 검토의 필요성이 있는 것이고, 발상의 문제는 창작에 있어 주제와 관련성을 가지는 문제이다. 물론 향가나 시조의 경우는 형식적인 제약이 먼저 주어져 있는 장르이기 때문에 표절 판단의 근거가 되지 못한다. 하지만 현대시에서는 그 형식이 자유롭다는 점에서 표절 판단의 근거를 삼아야 한다. 발상의 문제는 주제와 관련성이 있는데, 이 발상의 방향과 수용의 차이에서 표절과 창작의 경계를 설정할 수 있을 것이다. 시적 발상은 곧 창작의 모티브가 되기 때문이다. 본고에서는 표절 검토의 방향을 몇 가지로 정리하여 검토하였다.

표절의 양상을 검토하기 위해 시의 구성9)을 네 가지 층위로 나눌

2007. 2. 23).

'인문・사회과학 분야 표절 방지를 위한 지침'에 따르면 △여섯 단어 이상의 연쇄 표현이 일치하는 경우 △생각의 단위가 되는 명제 또는 데이터가 동일하거나 본질적으로 유사한 경우 △타인의 창작물을 자신의 것처럼 이용하는 경우 모두 표절로 판정할 수 있다. 남의 표현이나 아이디어를 출처 표시 없이 가져다 쓰거나 창작성이 인정되지 않는 현저한 짜깁기, 연구 결과 조작, 저작권 침해 가능성이 높은 저작물의 경우에는 '중한 표절'로 분류해 파면, 감봉 등 중징계를 할 수 있게 했다. 또 공유 영역에 속한 저작물을 부당하게 이용하거나 주요 내용의 자기 표절, 과거 저작물과 새로운 저작물을 구분하지 않은 중복 게재 등 경미한 표절은 경고 등 경징계에 처할 수 있다(최창봉 기자, ≪동아일보≫, 2008. 2. 22).

9) 이승훈은 시의 구조적 단위들에 대한 논의는 사실 방대한 이론적 성찰을 요구한다고 한다. "한 편의 시에서 우리는 화자, 대상, 정서라는 세 개의 구조적 단위들을 분별할 수 있으며, 따라서 시의 구조를 논의한다는 것은, 이때 이러한 세 가지 구조

수 있다. 첫째는 제목 혹은 제재를 표절하는 경우이고, 두 번째는 구성에 있어 행과 연의 표절이고, 세 번째는 이미지 혹은 수사법의 표절이다. 네 번째는 발상의 표절 문제이다. 이를 바탕으로 현대시의 표절 양상의 검토 방법을 정리하면 다음과 같다.

단 계	내 용	정 의
제1단계	주제	작품의 주제를 말한다.
	제재	작품의 중요한 지배소를 말한다.
	주제 혹은 제재	위의 정의를 말한다.
제2단계	행	시의 행 단위를 말한다.
	연	시의 연 단위를 말한다.
	행과 연	위의 정의를 말한다.
제3단계	이미지	시에 나타난 심상(이미져리도 포함)을 말한다.
	수사법	시의 수사적 장치를 말한다.
	이미지 혹은 수사법	위의 정의를 말한다.
제4단계	발상	창작 모티브(위의 제1~제3단계까지 포함).

다음은 표절 양상과 확인 방법에 대해 살펴보자.

표절의 욕망은 특히, 대중화하면서 인기를 얻는 경우와 신춘문예

적 단위들이 나타내는 상호 관계를 논리적으로 해명하는 일"(「박목월의 시세계」, 『목월 문학 탐구』, 민족문화사, 1983, 79~80쪽)이 바로 시세계의 변모를 파악하는 논의들이라고 말한다. 이의 방법은 표절 여부를 검토할 경우 방계의 방법론으로 원용할 수 있는 타당성이 있다. 왜냐하면 시의 구조가 어떻게 전개되었느냐 여부가 작품성을 평가할 수 있기 때문이다.

라는 권위와 전통으로 주목받는 경우에 드러난다. 그리고 표절 확인 방법은 1. 작품성 비교, 2. 작가의 주장 비교, 3. 작가의 작품 연보 작성 등으로 가능하다. 그 타당성은 다음과 같이 설명할 수 있겠다.

단 계	내 용	정 의
제1단계	작품성 비교	동일 작가의 또 다른 작품과 비교(작품성 비교), 작가의 역량 비교(전공 여부와 유사 전공 영역의 확인) 등 위의 단계를 제외한 기타의 방법을 말한다.
제2단계	작품 발표, 연보 작성	연보 작성을 참고하여 창작 연대를 밝혀 표절작임을 밝힘.
제3단계	작가 연구 방법	작가의 주장, 학력 정도, 창작 자질 등을 고려하여 작가 전반에 대한 조사를 통해 표절작임을 밝힘.

위와 같은 방법으로 현대시에서 표절 논의의 대상 작품들을 분석하도록 하겠다.

작품에 대한 전통적인 접근은 두 갈래이다. 원작에 대한 내적 접근과 외적 접근이 그것이다. 마찬가지로 원작과 표절작 사이를 작품과 관련하여 분석하는 것을 내적·외적 접근이라 명명하여 분석하겠다.

2. 표절의 외적 양상과 욕망

작품 표절의 외적 양상과 욕망은 밀접한 관계이다. 왜냐하면 원작을 가지고 표절작으로 만들었기 때문에 이를 작가의 욕망과 결부시켜 볼 수 있기 때문이다. 대략 표절의 양상은 세 가지로 분류할 수 있겠다. 즉 대중화, 문학상, 신춘문예 등이다. 대중화에 대한 인간의 욕망과 문학상에 대한 작가들의 거부와 수상의 이중적 욕망은 항상 도사리고 있다. 그리고 전통적인 등용문인 신춘문예에 대한 작가 지망생들의 욕망도 표절을 부추기는 한 원인이 된다. 따라서 이와 같은 관점에서 표절 여부를 검토할 수 있다.

(1) 대중화

조용필이 불렀던 「바람이 전하는 말」(작사 : 양인자, 1980년 제8집 <허공> 수록곡)과 마종기의 「바람의 말」(『안 보이는 사랑의 나라』, 문학과지성사, 1980)은 표절 관계에 있다. 표절 부분을 분석하기 위해 작품을 인용하면 다음과 같다.

1.
내 영혼이 떠나간 뒤에 행복한 너는 나를 잊어도
어느 순간 홀로인 듯한 쓸쓸함이 찾아올 거야
바람이 불어오면 귀 기울여봐
작은 일에 행복하고 괴로워하며
고독한 순간들을 그렇게들 살다갔느니

착한 당신 외로워도
바람소리라 생각하지 마

2.
너의 시선이 머무는 곳에 꽃씨 하나 심어놓으리
그 꽃나무 자라나서 바람에 꽃잎 날리면
쓸쓸한 너의 저녁 아름다울까
그 꽃잎이 지고 나면 낙엽이 연기
타버린 그 재 속에 숨어 있는 불씨의 추억
착한 당신 속상해도
인생이란 따뜻한 거야

─조용필 노래, 「바람이 전하는 말」

1절의 가사 부분은 나와 이별 뒤에 바람소리를 들으면, 당신과 지낸 세월에서 행복, 괴로움, 고독의 순간이 함께였다는 것이다. 그러나 삶은 단순한 것이니 만큼 당신은 외로워하지 말라는 것이다.

2절의 가사는 꽃잎이 바람에 날리면 쓸쓸한 너의 저녁이 아름다울 수 있을까. 추억의 불씨가 있으니 삶의 고통에서도 '인생이란 따뜻한 것'이라는 메시지를 담고 있다. 즉 삶의 아름다운 추억을 회고하는 가사 내용이다.

가사에서 주목할 부분은 인칭의 변화인데, 즉 '당신'이 '너'로 변화되었다. 이런 인칭의 변화는 작품의 내용과 관련이 있다. '당신'이 무겁고 중후하다면 '너'는 친근한 대상의 의미를 가질 수 있다. 그래서 솔직하게 자신의 감정을 드러낼 수 있는 것이다. '당신'에게는 무거운 메시지가 전달될 수 있고, '너'에게는 삶의 일상사를 전달할 수 있는 것이다.

마종기의 「바람의 말」 전문은 다음과 같다.

우리가 모두 떠난 뒤
내 영혼이 당신 옆을 스치면
설마라도 봄 나뭇가지 흔드는
바람이라고 생각하지는 마.

나 오늘 그대 알았던
땅 그림자 한 모서리에
꽃 나무 하나 심어 놓으려니
그 나무 자라서 꽃 피우면
우리가 알아서 얻은 모든 괴로움이
꽃잎 되어서 날아가 버릴 거야.

꽃잎이 되어서 날아가 버린다.
참을 수 없게 아득하고 헛된 일이지만
어쩌면 세상 모든 일을
지척의 자로만 재고 살 건가.
가끔 바람 부는 쪽으로 귀 기울이면
착한 당신, 피곤해져도 잊지 마.
아득하게 멀리서 오는 바람의 말을.

―마종기, 「바람의 말」(『안 보이는 사랑의 나라』, 문학과지성사, 1980)

‘나’의 영혼은 바람이 된다. 바람은 생명이 없다. 이리하여 꽤 오래 ‘당신’에게 사랑의 말을 전할 수 있는 길이 열린다. 유한한 시간의 한계 속에서, 그리고 ‘괴로움’만을 안길 뿐인 현세적 인연의 불우함 속에서 시인은 영원의 출구를 찾으려 한다. 그것이 만남의 자리에 ‘꽃 나무’를 심는 일인데, 시인은 이 나무가 피울 꽃이 ‘우리가 알아서 얻은 모든 괴로움’을 없애줄 것으로 기원한다. 또한 ‘나’는 바람처럼 세상에 가득 떠돌며 ‘당신’에게 사랑의 메시지를 전하고자 한다. 시인은 이렇게 이루지 못한 사랑의 회한을 영원의 영역으로 옮겨 놓았다. 쉽고 평이한 말이 갖는 대중적 호흡과 보편적인 상황 설정, 그리고 결코

포기할 줄 모르는 사랑의 열망 등이 어울려 이 시는 서정시의 미덕을
고루 갖춘 절창이 된다.

　　　　　－이희중, 「기억의 지고」(『마종기 깊이 읽기』, 문학과지성사, 1999, 258쪽)

위 시에서는 '바람'이 중심 뼈대를 이루고 있다. 그래서 '바람'이
라는 지배소(支配素)를 중심으로 시를 이해할 필요가 있다. 1연에서
'바람'이 가지는 상징적 의미는 '당신' 곁을 스치는 바람이 '봄 나뭇
가지 흔드는' 단순한 바람이라고 생각하지 말라는 것이다. 단순하지
않다는 의미는 3연에서 유추해 볼 수 있다. 그래서 '당신'에게 '바람'
부는 쪽으로 귀 기울여 보라고 한다. 귀 기울여 보면 삶에서 지친 당
신은 '바람의 말'을 잊지 말라고 한다. 당신과 나 사이의 삶에서 빚어
진 일에 대한 시인의 화해 목소리라고 할 수 있다.

　바람의 말에서 두 가지를 포착할 수 있다. 그 하나는 당신과 나,
'우리가 알아서 얻은 모든 괴로움'은 '꽃잎이 되어서 날아가는 거야'라
는 말이고, 그 두 번째는 '세상의 모든 일을 / 지척의 자로만 재고 살'
것인가라는 물음이다. 따라서 삶의 괴로움과 단순성의 탈피를 메시지
로 하는 것이다. 우리가 살면서 얻은 괴로움은 아름다운 꽃잎으로 소
멸된다는 전제에서 우리가 알고 있는 단순한 '지척의 자'로만 세상일
을 재고 산다는 것이 얼마나 의미가 없느냐는 것이다. 사실 착하게 살
려고 하더라도 삶의 피곤과 괴로움은 있기 마련이고, 이 피곤과 괴로
움 때문에 우리는 경계를 짓고 싸우면서 살아간다. 이런 일상사에서
시인은 탈피하고 저 너머에 삶의 가치가 있음을 독자들에게 말하고
있다.

　노래는 삶의 괴로움(1절)에서 인생의 따뜻함(2절)을 말하지만 시는
일상의 허무에서 삶의 가치가 있음을 지적하고 있다. 그러나 곡과 가

사를 만들면서 시의 여러 층위를 표절했음을 알 수 있다.

위의 두 작품의 표절 부분을 구체적으로 지적하면 다음과 같다.

작가			마종기의 시		조용필의 노래	
제목			「바람의 말」		「바람이 전하는 말」	
행과연	①	1연 1행	우리가 모두 떠난 뒤	1절 1구절	내 영혼이 떠나간 뒤에	
	②	1연 4행	바람이라고 생각하지는 마.	1절 6구절	바람소리라 생각하지 마	
	③	2연 3행	꽃 나무 하나 심어 놓으려니	2절 1구절	꽃씨 하나 심어놓으리	
	④	2연 4행	그 나무 자라서 꽃 피우면	2절 2구절	그 꽃나무 자라나서 바람에 꽃잎 날리면	
	⑤	2~3연 6~1행	꽃잎 되어서 날아가 버릴 거야(2연 6행) 꽃잎이 되어서 날아가 버린다(3연 1행)	2절 4구절	그 꽃잎이 지고나면	
	⑥	3연 1행	가끔 바람 부는 쪽으로 귀 기울이면	1절 3구절	바람이 불어오면 귀 기울여 봐	
	⑦	3연 5행	착한 당신	1절 6구절	착한 당신	
이미지리		2연 1, 2행	나 오늘 그대 알았던/땅 그림자 한 모서리에	1절 3구절	바람이 불어오면 귀 기울여 봐	
		2연 5행	우리가 알아서 얻은 모든 괴로움이	1절 4~5구절	작은 일에 행복하고 괴로워하며/고독한 순간들을 그렇게들 살다갔느니	
		3연 3행	어쩌면 세상 모든 일을			

「바람이 전하는 말」은 1980년대 조용필이 불러서 대단한 인기를 모았던 노래이다. 이처럼 대중의 인기를 모았던 노래가 품격 있는 시를 대중화했다는 것은 긍정적이라 할 수 있다.[10]

그러나 몇 가지 문제가 있다.

첫째, 시의 주제를 훼손할 수 있다.

둘째, 시의 구조를 변화시켜서 창작품으로 둔갑할 수 있다.

셋째, 원작자에게 양해를 구하지 않은 것도 문제가 있다.

위의 세 가지 문제가 해결되었다 하더라도 작품이 가지는 '문학성'이 훼손된다면 독자들에게 가사와 작품에 대한 혼란을 줄 수도 있다.

창작 패러디는 어디까지나 작가의 의도가 명백한 것이지만 그렇지 않고 여러 각도에서 표절한 경우는 큰 문제가 아닐 수 없다.

(2) 문학상

다음의 두 작품 「어느 대나무의 고백」과 「어느 소나무의 고백」은 표절 관계에 있다. 이 두 작품의 경우 문학상이 개제되지 않았다면 밝혀지지 않았을 것이다. 문학상에 대한 작가의 욕망도 표절 관계에서 한몫한다는 인상을 지울 수가 없다. 전문을 인용하면 다음과 같다.

> 늘 푸르다는 것 하나로
> 내게서 대쪽같은 선비의 풍모를 읽고 가지만
> 내 몸 가득 칸칸이 들어찬 어둠 속에
> 터질 듯한 공허와 회의를 아는가

---

10) 유심초가 부른 「어디서 무엇이 되어 다시 만나랴」와 김광섭의 「저녁에」도 마찬가지이다.

고백컨대
나는 참새 한 마리의 무게로도 휘청댄다
흰 눈 속에서도 하늘 찌르는 기개를 운운하지만
바람이라도 거세게 불라치면
허리뼈가 뻐개지도록 휜다 흔들린다
제 때에 이냥 베어져서
난세의 죽창이 되어 피 흘리거나
태평성대 향기로운 대피리가 되는,
정수리 깨치고 서늘하게 울려퍼지는 장군죽비
하다못해 세상의 종아리를 후려치는 회초리의 꿈마저
꿈마저 꾸지 않는 것은 아니나
흉흉하게 들려오는 세상의 바람소리에
어둠 속에서 먼저 떨었던 것이다
아아, 고백하건대
그놈의 꿈들 때문에 서글픈 나는
생의 맨 끄트머리에나 있다고 하는 그 꽃을 위하여
시들지도 못하고 휘청, 흔들리며, 떨며 다만,
하늘 우러러 견디고 서 있는 것이다.

—복효근, 「어느 대나무의 고백」(『누우떼가 강을 건너는 법』, 2002)

늘 푸른 자태 하나로
사시사철 그 자리에 서 있는
내게서 곧은 선비의 기상과 청빈을 운운하지만
끝없는 벼랑에 추락할지도 모르는
두려움과 홀로 서 있는 외로움을 아는가?

고백컨대,
나는 모태를 떠날 때부터
벼랑끝 암벽에 매달린 채
엄동설한 삭풍에 야위어진

내 몸은 싸락눈의 무게에도 살점이 아스러진다

오뉴월 염천(五六月 炎天)
타들어 가는 몸을 감싸 안으며
토해 내는 진액(津液)!
거세게 몰아치는 비바람에 분신들이 쓸려 갈 때
천길만길 떨어지는 공포
두려움에 뿌리마저 흔들거린다
고매(高邁)한 선비의 음풍농월(吟風弄月) 속 낙락장송
고관대작의 천년 기둥
학덕 높은 문인의 다정자(茶亭子) 관상수
하다못해 세상사 지켜 주는 방풍림의 꿈마저,
꿈마저 꾸지 않은 것은 아니지만

아 아, 그 놈의 꿈!
못 이룰지도 모르는 꿈을 위하여
흐르는 세월의 조급함에 서글픈 나는!
시들지도, 쓸려가지도 못하고, 힘겹게
비스듬히 하늘을 우러러 견디고 서 있는 것이다.

  －권○○, 「어느 소나무의 고백」(월간 ≪문학21≫ 2004년 11월호, 시 부문 등단작/
제2회 풀잎 문학상 대상 수상작(시사문단 주최, ≪한국일보≫ 후원, 2005. 10. 29))

　"늘 푸르다는 것"의 대나무가 가진 일반적 속성과 "늘 푸른 자태"의 소나무의 속성이 유사하다는 것을 누구나 인식하고 있다. 하지만 이를 어떻게 시화(詩化)할 것인가는 시인의 역량이며 창작의 기법이다.

　'푸른' 기상 속에 담긴 선비의 '풍모'와 '회의' ↔ '두려움'과 '외로움'까지 같다면 일반적 속성에 대한 시화나 창작의 표현이라기에는 너무 무리가 아닌가.

이뿐만 아니다. 이를 좀 더 구체적으로 비교해 보면 다음의 표와 같다.

작가			복효근		권○○
제목			「어느 대나무의 고백」		「어느 소나무의 고백」
행과연	①	1연1행	늘 푸르다는 것 하나로	1연1행	늘 푸른 자태 하나로
	②			2행	사시사철 그 자리에 서 있는
	③	1연2행	내게서 곧은 선비의 기상과 청빈을 운운하지만	3행	내게서 곧은 선비의 기상과 청빈을 운운하지만
	④			4행	끝없는 벼랑에 추락할지도 모르는
	⑤			5행	두려움과 홀로 서 있는 외로움을 아는가?
			(중략)		(중략)
	⑥	17행	아 아, 고백하건대	5연1행	아 아, 그 놈의 꿈!
	⑦	19행	생의 맨 끄트머리에나 있다고 하는 그 꽃을 위하여	2행	못 이룰지도 모르는 꿈을 위하여
	⑧	18행	그놈의 꿈들 때문에 서글픈 나는	3행	흐르는 세월의 조급함에 서글픈 나는!
	⑨	20행	시들지도 못하고 휘청, 흔들리며, 떨며 다만,	4행	시들지도, 쓸려가지도 못하고, 힘겹게
	⑩	21행	하늘 우러러 견디고 서 있는 것이다.	5행	비스듬히 하늘을 우러러 견디고 서 있는 것이다.
		연 구성	비연시 총 21행		총 5연 20행
이미져리		대나무	늘 푸르다는 것	소나무	늘 푸른 자태
			풍모		기상
			공허 · 회의		두려움 · 외로움

위의 두 작품은 치밀하게 분석하지 않더라도 표절 여부가 한눈에
보인다. 이는 분명 의도적인 표절로 볼 수밖에 없다. 좋은 작품을 베
끼는 시 창작 수업이 있을 수는 있지만 이는 어디까지나 창작 수업
이고 창작품은 아니기 때문에 명백한 표절이다. 더구나 유명 신문사
의 후원을 받는 문학 단체의 문학상까지 수상했기 때문에 문제의 심
각성이 있는 것이다. 순수 창작에 대한 작가들의 고뇌와 작품성에 부
여하는 것이 문학상인데, 이를 벗어난 위의 작품을 언급하는 것은 수
치다. 따라서 이를 '표절의 극단(極端)'이라 해야 할 것이다.

(3) 신춘문예

다음 두 작품은 시적 발상이 유사하다고 볼 수 있다. 가) 작품이
지방 신문의 신춘문예의 가작인데, 나) 작품의 발상을 빌렸다고 하는
논란이 있었다. 전문을 인용하면 다음과 같다.

가)

비린내 그윽한 다대포 바닷가
꼼장어 구이집 방문 앞에
각양각색의 신발들이 뒤엉켜 있다.

다른 구두에 밟힌 채 일그러진 놈
에라 모르겠다 벌러덩 드러누운 놈
물끄러미 정문만 바라보는 놈
날씬한 뾰족구두에 치근대는 놈
신발 코끝 시선들이 그야말로 아수라장이다.

어느새 젓가락 장단 끝이 나고
사람들 한 무더기 자리를 털고 일어서자
다대포 앞바다 썰물 빠지는 소리가
꼼장어 구이집 창 너머로 아득하다.

연방 뭐라고 중얼거리는 꼼장어 안주 삼아
슬며시 쓴 소주 몇 잔 들이켜고는
담배 한 개비 입에 문 채 가만히 생각해 보니
잠시 정박했던 배들이
저 푸른 바다로 떠난 것이었다.

그 순간, 꼼장어 구이집 안으로
환한 웃음 실은 만선(滿船)들이 쏟아져 들어온다.

―손병걸, 「항해」

나)

저녁 상가(喪家)에 구두들이 모인다
아무리 단정히 벗어놓아도
문상을 하고 나면 흐트러져 있는 신발들
젠장, 구두가 구두를
짓밟는 게 삶이다
밟히지 않는 건 망자(亡者)의 신발뿐이다
정리가 되지 않는 상가의 구두들이여
저건 네 구두고
저건 네 슬리퍼야
돼지고기 삶는 마당가에
어울리지 않는 화환 몇 개 세워놓고
봉투 받아라 봉투,
화투짝처럼 배를 까뒤집는 구두들
밤 깊어 헐렁한 구두 하나 아무렇게나 꿰 신고

마당 가에 가서 오줌을 누면, 보인다
북천(北天)에 새로 생긴 신발자리 별 몇 개

—유홍준, 「喪家에 모인 구두들」

다) 심사평

응모된 시들 중에서 1차로 20여 편을 건져 올리면서, 우리 시의 현 주소를 다시 확인했다. 예비 시인들의 관심이 서정시에 가 있다는 점, 소재는 일상적 체험에서 크게 벗어나지 못하고 있다는 점, 발랄하고 참신한 이미지는 내보이나 내면의 깊이가 없다는 점 등이 그것이다. 그래서 응모 시의 전반에서 실험적인 요소를 찾는다는 것은 힘들었 다. 이는 패기 있는 개성적인 시를 쉽게 만날 수 없었다는 말이다. 그 대신 잘 꾸며진 소품들을 많이 만날 수 있었다.

1차로 걸러진 20여 편은 시 공부를 한 흔적이 뚜렷이 드러나는 시 편들이었다. 그러나 소품이 갖는 한계를 시적 응집력을 통해 극복하 고, 새로운 세계를 강렬하게 보여주는 작품은 그렇게 많지 않았다. 이는 시적 정신을 토대로 자기만의 세계를 창출해 보려는 의욕보다 는 시의 기교 습득에 너무 기울어져 있는 결과로 보였다.

이런 아쉬움 가운데서도 마지막까지 논의 대상이 된 작품은 「첩자」, 「소라」, 「항해」였다. 그런데 「첩자」는 너무 기계적인 구도와 시적 언 어가, 「소라」는 너무나 단정한 틀과 일상화된 이미지가, 「항해」는 기 성 시에 나타난 이미지의 원용이 각각 문제로 지적되었다. 힘들게 「항해」가 지닌 긍정적 세계 인식과 앞으로의 가능성을 믿어, 이 작품 을 가작으로 뽑았다. 정진을 빈다.

—시인 이시영·최영철, 문학평론가 남송우(편집 2005년 1월 20일 (목) 11:45)

위의 작품은 시적 발상이 아주 흡사하다는 것을 알 수 있다. 그것 은 가)는 곰장어 구이 집으로 들어오는 만선이고, 나)는 망자의 신발 자리 별이 몇 개 보인다는 것이다. 가)는 신발, 나)는 구두인데 모두 가 세속사처럼 뒤엉겨 있다는 부분이 유사하다. 다)는 이를 바라보는 심사평의 안목이다. 선자들의 말마따나 "이미지의 원용이 각각 문제로 지적"되었기 때문에 <가작>으로 뽑았다는 것이다. 구체적으로 비교하면 다음과 같다.

구분		손병걸, 「항해」	유홍준, 「喪家에 모인 구두들」	
행과연	1연 3행	각양각색의 신발들이 뒤엉켜 있다.	2, 3행	아무리 단정히 벗어놓아도/ 문상을 하고 나면 흐트러져 있는 신발들
	2연 전체	다른 구두에 밟힌 채 일그러진 놈/ 에라 모르겠다 벌러덩 드러누운 놈/ 물끄러미 정문만 바라보는 놈/ 날씬한 뾰족구두에 치근대는 놈/ 신발 코끝 시선들이 그야말로 아수라장이다.	4~9행	젠장, 구두가 구두를/ 짓밟는 게 삶이다/ 밟히지 않는 건 망자(亡者)의 신발뿐이다/ 정리가 되지 않는 상가의 구두들이여/ 저건 네 구두고/ 저건 네 슬리퍼야
	5연 전체	그 순간, 꼼장어 구이집 안으로/ 환한 웃음 실은 만선(滿船)들이 쏟아져 들어온다.	15~16행	마당 가에 가서 오줌을 누면, 보인다/ 북천(北天)에 새로 생긴 신발자리 별 몇 개

위의 표에서 보듯이 시 전체의 이미지가 비슷하다는 것을 알 수 있다. 그럼에도 불구하고 이를 지방 신문사의 '신춘문예' 입상작으로 선정했다. 어쨌든 두 작품 사이에는 명백한 시적 발상의 유사성이 내재했다는 사실만은 남아있다.

3. 표절의 내적 양상과 확인

표절을 단정하는 것은 여러 가지 문제를 낳는다. 물론 객관적이고 충분히 근거가 있는 작품을 놓고 단정하는 것은 문제가 없지만 그렇지 않고 심정이나 주관적인 잣대로 단정할 경우는 엉뚱한 문제를 야기(惹起)할 수 있다. 따라서 이의 근거를 설정하는 데 타당성이 전제되지 않으면 안 된다. 필자는 표절을 확인하는 방법으로 1. 작품성, 2. 작품 발표의 연보 작성, 3. 작가 연구 방법 등으로 설정하면 타당성이 있다고 본다.

(1) 작품성

최근에 논란이 되었던 마광수(馬光洙)의 시[11]를 대상으로 이를 검토할 수 있을 것이다. 원문을 인용하면 다음과 같다.

가)
입에 장미꽃을 물었다
꽃에 달린 가시가 찔러 몹시 아프다

---

11) 위의 작품 이외에도 그가 표절이라고 인정한 작품이 더 있다. "머리부터 / 징을 박아 / 옴짝달싹 못하게 / 쇠줄로 묶었다 // 남은 일은 / 켜는 활과 / 조금씩 맞비벼 / 쾌락의 맛을 아는 것 // 심장 도려낸 / 쾡한 가슴으로 / 무참히도 할퀸 // 무표정의 / 멜로디 / 희열"(마광수, 「바이올린」, 『야하디 알라숑』, 해냄, 2006).

눈을 감고 그래도 여전히 장미꽃은
아름다운 꽃이라고 생각한다
말은 못한다
장미꽃이 떨어지기 때문이다

—김이원, 「말에 대하여」(교지 ≪홍익(25호)≫, 홍익대학교, 1983)

나)

입에 장미꽃을 물었다
꽃줄기에 달린 가시가 찔러
몹시 아프다
눈을 감고
그래도 여전히
장미꽃은 아름다운 꽃이라고
생각한다
말은 못한다
장미꽃이 떨어지기 때문이다

—마광수, 「말에 대하여」(『야하디 얄라숑』, 해냄, 2006)

장미꽃은 아름다운 꽃이지만 가시가 달려 있다. 이 아름다운 꽃을 입에 물고 있지만 가시의 고통을 감수해야 한다. '아름다움'과 '가시'의 이중성을 입으로 말하고 싶지만, 입을 연 순간 아름다움은 사라진다.

여기서 인간의 본질적 특성인 '아름다움의 추구'와 '고통의 회피'를 볼 수 있다. 이 두 본질 사이에 '말(언어 행위)'이 존재해 있다는 사실을 주목해야 한다. "인간은 상징을 통해서 사고 활동"을 하는데, "언어야말로 <상징적 능력>의 산물"[12]이기 때문에 이 시에서 '말'을 주목하는 것이다. '말'은 곧 장미꽃에 대한 사고 활동 결과를 표현하는 행위이다. 따라서 장미꽃과 가시의 인식을 '말'을 통해서 표현한다는 점에서 상징성을 알 수 있다. 여기에 마광수는 표절의 유혹을 쉽게 떨치지 못한 것이다.

위의 두 작품을 읽어 보면 표절임을 알 수 있다. 즉 작품 자체의 작품성에 근거해서 표절임을 확인할 수 있다. 유명 혹은 무명작가의 작품을 표절한 경우이다. 비교하면 다음과 같다.

작가		김이원		마광수
제목		「말에 대하여」		「말에 대하여」
행과 연	1행	입에 장미꽃을 물었다	1연 1행	입에 장미꽃을 물었다
	2행	꽃에 달린 가시가 찔러 몹시 아프다	2행	꽃줄기에 달린 가시가 찔러
			3행	몹시 아프다
	3행	눈을 감고 그래도 여전히 장미꽃은	2연 1행	눈을 감고
			2행	그래도 여전히
			3행	장미꽃은 아름다운 꽃이라고
	4행	아름다운 꽃이라고 생각한다	4행	생각한다
	5행	말은 못한다	3연 1행	말은 못한다
	6행	장미꽃이 떨어지기 때문이다	2행	장미꽃이 떨어지기 때문이다

위의 분석에서 보듯이 마광수는 '행과 연'의 변화를 주어 자신의 작품으로 발표한 것이다.13)

---

12) 마광수, 「상징」, 『상징시학』, 청하, 1980, 15쪽.
13) 이 시는 마 교수가 1979~1983년 홍익대 국문과 교수로 재직하며 이 대학 교지 편집 지도 교수로 있을 때 마 교수의 제자가 교지에 발표한 시다. 마 교수는 본보 (≪동아일보≫, 2007. 1. 5)와의 전화에서 "조금 어휘를 바꿨지만 아이디어를 그대

(2) 작품 연보 작성

작자, 작품, 발표 지면, 발표 연대 등을 찾아 정리하면 표절 여부를 확인할 수 있다. 예를 들면 다음과 같다.

〈표-1〉

①	작 가	복효근	권○○
②	작 품	「어느 대나무의 고백」	「어느 소나무의 고백」
③	발표 지면	『누우떼가 강을 건너는 법』	월간 《문학21》
④	발표 연대	2002년	2004년

〈표-2〉

①	작 가	김이원	마광수
②	작 품	「말에 대하여」	「말에 대하여」
③	발표 지면	《홍익(25호)》	『야하디 얄라숑』
④	발표 연대	1983년	2006년

위의 두 개의 <표>에서처럼 작품 제목에서 표절 여부를 의심할 수 있다. 그 표절 여부를 좀 더 구체적으로 판단하려면 발표 지면을

로 썼으니 차용한 것을 인정한다."고 말했다.
문학평론가 박철화 중앙대 교수는 "시 작품의 경우 다른 사람의 작품 일부를 인용하기도 하지만 그럴 때는 출처를 반드시 밝힌다."며 "창작자로서 욕심이 나는 구절이 있지만 그렇다고 다른 사람의 작품을 자기 창작물처럼 게재하는 것은 타인의 것을 훔친 행위로밖에 볼 수 없다."고 말했다(《동아일보》, 2007. 1. 6).

찾아서 발표 연대를 정리하면 그 여부를 쉽게 알 수 있다. 작품 발표 연대의 전후에 따라 원작과 표절작을 구별할 수 있다. 이보다 더 중요한 것은 작품이다. 이 작품 분석을 통해서 표절 판단을 하는 것이 객관성과 함께 원작자들의 주장을 뒷받침할 수 있다. 작품 분석 방법은 앞에서 논의한 것을 참고하면 될 것이다.

(3) 작가 연구 방법

작가의 학력 사항이나 학문성, 그리고 유학 정도 등을 가지고 표절 정도를 파악할 수 있다. 작가 생전에 가까이 지냈던 가족이나 친구들에 대한 인터뷰도 표절 연구의 기초 자료 조사의 한 방법이다. 또한 작가의 창작 자질에 대한 검토도 한 방법이다. 작가는 한 작품만을 출판하면 모르되 자신의 노고에 따라 여러 작품을 출판하게 된다. 이럴 때 한 작가의 여타 작품들과 비교 검토해 보면 그 작가의 자질을 어느 정도 파악할 수 있다. 그래서 작품의 표절 정도를 의심해 볼 수 있다. 물론 표절 자체를 단순한 취미로 여기는 사람도 있지만 이는 몇몇에 국한하기 때문에 매우 조심스럽게 접근할 필요가 있는 것이다.

작가 연구의 일반적인 순서는 다음과 같다.[14]

---

14) 졸저, 『작가 연구 방법론』, 역락, 2007.

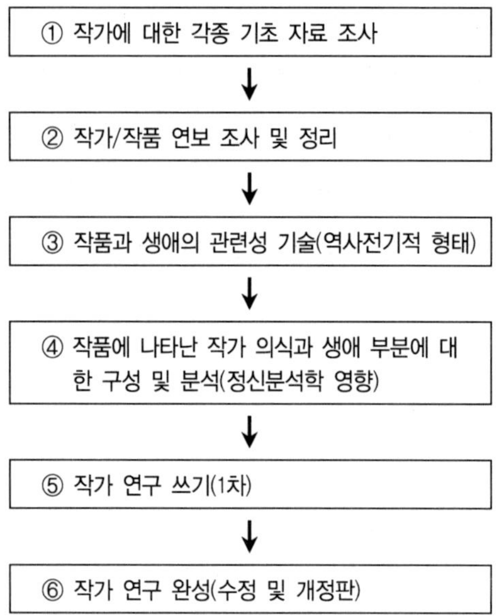

위와 같이 종합적으로 작가 연구를 하는 과정에서 표절 판단 여부를 밝힐 수 있다.

작품이 발표된 것과 관련해서 작가들의 직접 대담도 표절 여부를 확인할 수 있는 방법이다.[15] 평론가 김윤식과 이명원, 소설가 신경숙과 비평가 박철화, 시인 오세영과 이대흠 등은 표절과 관련하여 논쟁이 있었다. 하지만 진실 여부가 가려지지 못했고 각종 지면을 통해 논쟁만 남겼다.

---

15) 오세영과 이대흠 시인의 경우이다. 문학잡지나 학술지에 발표한 것을 토대로 할 수 있다. 이 두 시인이 직접 만나는 대담이나 시적인 논의에서 확인하는 방법도 가능하다.

4. 결론

본고는 창작과 표절 문제의 심각성을 제기하고, 이 경계 설정의 필요성을 제기했다. 그리하여 일정한 방법론을 세워 논란이 되었던 작품을 실제 분석하였다. 물론 필자는 표절을 판단하는 방법인 외적·내적인 장치가 통용되기를 바란다.

이제까지 검토한 외적인 양상은 다음과 같다.

첫째, 시 표절은 대중가요를 통한 대중화 방향, 신춘문예와 같은 문단성, 근본적 창작 욕구 방향으로 나눌 수 있다.

둘째, 대부분의 시 표절은 시행과 연의 변형을 통해 이루어진다.

셋째, 제재나 주제의 측면에서도 표절은 이루어진다.

그리고 내적인 양상은 작품성·작품 연보 작성·작가 연구 방법 등이다.

참고문헌

공종구(1996), 「패러디와 패스티쉬, 그리고 표절 그 개념적 경계와 차이」, ≪현대소설연구≫, 현대소설학회(제5집).

김병익(2003), 「표절과 도작」, 『한국문단사』, 문학과지성사.

김수현(2003), 「예술 작품에 대한 표절 판정의 논리」, 『미학』, 한국미학회 편(18집).

마광수(1980), 『상징시학』, 청하.

박상배(1991 가을호), 「표절의 미학」, 『현대시사상』, 고려원.

박종석(2003), 『한국 현대시의 탐색』, 역락.

_____(2005), 『현대시분석방법론』, 역락.

이영호(2002), 「갈등 끝에 탄생한 한국 아동 문학인 협회」, 『문단유사』, 월간문학.

이승훈(1983), 「박목월의 시세계」, 『목월 문학 탐구』, 민족문화사.

정과리 엮음(1999), 『마종기 깊이 읽기』, 문학과지성사.

현대시의 영향과 표절의 경계

1. 서론

   한국현대시사에서 그 영향력을 따진다면 청록파(靑鹿派)를 어느 위치에 놓아도 손색이 없다. ≪문장≫지의 정지용(鄭芝溶, 1902~1950) 추천을 받은 청록파의 세 시인은 '일제 강점기'와 '국어 말살 정책'이라는 두 개의 족쇄를 차고 시작 활동을 했다. 그래서 그들은 민족사의 고통에서 떨어진 '자연'과 시 창작의 한국어의 절대적 '사수'라는 방향을 잡았던 것이다. 이들은 "가능한 한 한국어를 곱게 다듬어 쓰는 입장"과 "한국의 시가 한 유파에 의해서 자연을 탐구해 간 예는 별로 없었다."는 점에서 청록파는 '한국 근대시의 서부를 개척한 시인'[1]인

---

1) 김용직, 「한국근대시의 문학사적 성격」, 『한국현대시사연구』, 일지사, 1983, 11쪽.

것이다.

청록파와 같이 널리 알려진 작가와 작품의 경우 후대 작가들에게 영향을 끼치게 되고, 그 결과 표절 혹은 영향 관계를 형성할 가능성이 많다. 그래서 한국시사의 한 맥을 형성한 박목월(朴木月, 1916~1978), 박두진(朴斗鎭, 1916~1998), 조지훈(趙芝薰, 1920~1968) 등의 작품을 통해서 영향 관계와 표절에 대한 여러 가지 생각들을 정리할 수 있을 것이다.

이들의 작품이 가진 시사적 무게 때문에 후대 시인들이 쉽게 표절할 수 없을 것이다. 왜냐하면 그들의 대표작들은 독자들의 관심만큼이나 많이 알려져 있기 때문이다. 표절의 경우 금방 탄로가 나기 때문에 표절보다는 패러디 혹은 영향 관계에 있을 가능성이 매우 높다. 그래서 표절보다는 오히려 영향 관계를 파악하는 것이 타당할 것이다. "후배는 어차피 선배들의 영향권 내에 있고, 좋게 말해서 그들의 텍스트와 공방을 벌일 수밖에 달리 도리가 없는 것"이라면, "좋은 의미에서 서로 마찰을 일으키며 공존"2)하는 차원에서 검토가 이루어져야 할 것이다. 유종호는 "서투른 시인은 훔치고 능란한 시인은 빌린다는 말"을 하여 "매력 있는 시어의 변용적 활용"3)을 긍적적으로 평가하였다.

---

2) 박상배, 「표절의 미학」, 『현대시사상』, 1991. 3, 100쪽.
3) 유종호, 「비평과 연구에 대한 반성」, 『서정적 진실을 찾아서』, 민음사, 2001, 47~48쪽. 유종호는 "우리 사회와 같이 문인 분포도가 밀집되어 있는 상황에서 가령 시어나 시적 관용구의 상호 의존도는 매우 높다. 시어나 말버릇의 차용을 널리 허용하는 시인이 사실은 큰 시인인 것인지도 모른다. 한때 청록파 시인들이 정지용의 아류라는 말을 들은 것은 매력 있는 시어의 변용적 활용과 크게 관련되어 있었다."고 하였다.

영향 관계에 있는 작품들 사이에는 장단점이 있다. 우선 장점은 다음과 같다.

첫째, 원전이 익숙하기 때문에 쉽게 이해할 수 있다.

둘째, 시의 형태적 발전을 가져 올 수 있다.

셋째, 시의 다양성을 볼 수 있다.

단점은 다음과 같다.

첫째, 창작 정신의 고갈이라는 혹평을 받을 수 있다.

둘째, 속일 경우 독자의 불신을 초래한다.

셋째, 원전 훼손이 우려된다.

이들의 영향 관계가 있다고 판단되는 후대 작품을 통해서 이를 검토해 보겠다.

2. 표절과 영향 검토

표절 시비의 방향은 두 가지 관점을 가지고 접근할 수 있다. 이는 필자가 이미 검토한 바가 있고, 표절 여부와 영향 관계 여부를 기준으로 제시할 수 있다는 유용성의 의미도 있다. 본고에서 검토할 대상 시인은 조지훈과 이형기, 그리고 박목월, 신경림, 정희성 등이다. 이들 시에서 '낙화'를 핵심 이미지로 하는 공통점을 찾는 경우와 이미지의 중첩의 경우이다. 또 하나는 시구 및 형식적 영향 관계(탈대 혹은 환골)를 중심으로 검토하는 것이다.

(1) 조지훈의 「낙화」와 이형기의 「낙화」
- 소재 혹은 이미지 중첩의 경우

'모방 혹은 표절이 예술가들의 근원적 욕망'[4]이라고 볼 때, 그 욕망의 표현을 어떻게 볼 것인가는 대단히 곤혹스럽다. 무명시인이나 평범한 독자들의 시 쓰기라면 별 문제가 없을 수 있다. 그러나 중견 시인이나 신진 시인이 이러한 표절의 욕망을 표현할 때 그 결과는 상당히 우려되는 것이 사실이다. 표절이 아니라 영향을 주고받는 작품들의 경우, 후세에 좋은 영향을 끼칠 수 있는 작품은 당연히 여러 면에서 좋은 평가를 받는다. 그 영향권을 볼 수 있는 시인 조지훈의 경우를 살펴보자. 이미 청록파 시인인 박두진은 조지훈의 「낙화」를 주목했었다. 이 시의 전문을 인용하면 다음과 같다.

꽃이 지기로소니
바람을 탓하랴.

주렴 밖에 성긴 별이
하나 둘 스러지고

귀촉도 울음 뒤에
머언 산이 다가서다.

촛불을 꺼야 하리

---

4) 졸고, 「모방과 표절 시비」, 앞의 책, 270쪽.

꽃이 지는데
꽃 지는 그림자
뜰에 어리어

하이얀 미닫이가
우련 붉어라.

묻혀서 사는 이의
고운 마음을

아는 이 있을까
저허하노니

꽃 지는 아침은
울고 싶어라.

─조지훈, 「낙화(落花)」(『3인시집─청록집』, 을유문화사, 1946)

　　다음은 이 시에 대한 관심과 평가이다. 이는 시적 영향 관계에 있
다는 의미도 함의하는 것이다. 박두진은 조지훈의 시(약 250편)를 '초
기의 古典, 중기의 自然, 후기의 自我'로 정리하면서[5] 그의 「山房」·「芭
蕉雨」와 함께 중기시를 대표하는 작품으로 「낙화(落花)」를 꼽았다. 또
정태용은 「낙화(落花)」를 주제 측면에서 자연 계열로 보지만 형식적인
측면에서도 뛰어난 감각을 보여 주고 있다고 평가했다. 즉 「승무」가

---

5) ① 초기의 古典 민속 : 「고풍의상」, 「승무」, 「봉황수」─1939, ② 중기의 自然 : 「산방」,
　「파초우」, 「낙화」─1941~1943, ③ 후기의 自我 : 「화체개현」, 「사망」, 「절정」─
　1949(박두진, 「조지훈의 시세계」, 『조지훈 연구』, 고려대출판부, 1978, 4쪽).

"수식어에만 신경을 썼을 뿐 '얇은 紗' '薄紗' 등의 같은 말을 되풀이하고 있는 데 비해 「낙화(落花)」는 리듬에 중심을 두고 3·4조, 7·5조 등의 경쾌한 시조적 율조를 취하고 있다. 이러한 차이는 지훈이 시를 분석적인 산문 정도로 이해하고 있다가 차츰 시적 구성에 눈을 떠 간 것은 아닐까"6) 한다는 것이다.

또한 이 시에 대해 서정주는 "꽃이 질 때 꽃 속에서 묻혀 사는 인생을 그 누가 알까 저어한다는 것이다. 세상이 더러운 왜정 말기의 변조 속에서 사는 사람을 아는 이가 있을까 저어하였으니, 이것은 현세적인 것이라기보다는 오히려 그것을 뛰어 넘어 영원을 바라다보는 정신으로서 세상과 보조를 같이 할 수 없는 隱士(은사)의 亡國恨(망국한)의 설움이 면면히 오는 작품"7)으로 평가했다.

조지훈의 "「낙화(落花)」의 심상 구조는 '님의 떠남-님의 회한-귀촉도의 울음-아침의 재생'이라는 이별과 만남의 기본 구조로서의 함축적 의미"를 가지고 있다. 다시 말하면, "떠남과 만남을 양대축으로 갈등과 그 지양을 통한 변증법적 모티프는 새로운 정신의 승리를 예고하게 되고 꽃의 떨어짐과 귀촉도의 울음, 그리고 시적 화자의 아픔이 동일시"8)된 작품이다.

다음은 이형기(李炯基)9)의 대표작으로 알려진 작품이다.

---

6) 정태용, 「조지훈 시」, 위의 책, 104쪽.

7) 서정주, 「조지훈 시」, 위의 책, 218쪽.

8) 이문걸, 『'청록집'의 원형심상 연구』, 동아대학교 박사학위, 1995, 32쪽.

9) 1933년 경상남도 진주 출생, 1950년 진주농림학교 재학 중 문예 추천으로 등단, 1956년 동국대학교 불교학과 졸업, 1956년 한국문학가협회상 수상, 1966년 문교부 문예상 수상, 1976년 한국시인협회상 수상, 1982년 한국문학작가상 수상, 1983년

가야 할 때가 언제인가를
분명히 알고 가는 이의
뒷모습은 얼마나 아름다운가.

봄 한철
격정을 인내한
나의 사랑은 지고 있다.

분분한 낙화 ……
결별이 이룩하는 축복에 싸여
지금은 가야 할 때.

무성한 녹음과 그리고
머지 않아 열매 맺는
가을을 향하여

나의 청춘은 꽃답게 죽는다.

헤어지자
섬세한 손길을 흔들며
하롱하롱 꽃잎이 지는 어느 날

나의 사랑, 나의 결별

부산시 문화상 수상, 1985년 윤동주 문학상 수상, 1990년 대한민국 문학상 수상,
현재 동국대학교 국어국문학과 교수, 시집 :『적막강산』(1963),『돌베개의 시』(1971),
『꿈꾸는 한발』(旱魃)(1975),『풍선 심장』(1981),『보물섬의 지도』(1985),『심야의 일
기 예보』(1990),『죽지 않는 도시』(1994) 등, 평론집 :『감성의 논리』(1976),『한국문
학의 반성』(1980),『시와 언어』(1987).

샘터에 물 고이듯 성숙하는
내 영혼의 슬픈 눈.

―이형기, 「낙화」(『적막강산』, 모음출판사, 1963)

이 시는 1연에 시의 주제가 집약되어 있다. 1연의 주제를 자연 순리를 빌려 펼친 것이 2~7연이다. 즉 '가야 할 때'를 '낙화'와 '열매'라는 매개체를 통해 표현한 것이다. 이 낙화와 열매라는 자연의 순리를 통해 삶의 이별과 죽음을 보여 주는 것이다. 여기에는 불교에서 말하는 인과론적 사유 체계가 담겨 있다. '낙화'가 여름날의 '무성한 녹음'과 가을날의 '열매'를 위한 불가피한 과정을 보여 줌으로써 삶도 그같이 무성한 녹음과 풍성한 결실을 맞이하기 위해서는 떠나야 하는 고통이 있어야 한다는 진리를 말하고 있다.

위의 두 작품을 다음과 같은 장치를 통해 비교해 보자.

항목	평가자	조지훈의 「낙화」	평가자	이형기의 「낙화」	비교
소재·주제	박두진	자연		자연	○
리듬	정태용	3·4, 4·4조		내재율	×
시대 상황 (반영론)	서정주	망국한의 설움	박종석	1957년(25세) 삶과 죽음의 구조	×
심상 구조	이문걸	만남과 이별의 구조		봄, 여름, 가을(겨울)의 원형 심상늑순환 구조	○

위의 표처럼 두 작품 사이에 다소 차이가 있다. 하지만 자연의 질서를 삶의 질서와 결부했다는 점에서 영향 관계를 짐작할 수 있다. 부언하자면 박목월은 낙화의 슬픔을 드러냈지만 이형기는 낙화의 아

름다움을 표현했다. 분명 낙화의 이미지로 삶의 하강과 상승이라는 두 개의 무게를 다루고 있다는 점에서 공통분모가 있다. 꽃의 생성과 소멸이라는 이미지를 가지고 인생의 삶과 죽음을 노래했다고 한다면, 이 두 작품은 영향 관계에 있다고 볼 수 있다.

이 두 작품의 관계를 표절로 볼 것인가? 이미지의 중첩이 과연 '표절'의 기준이 되는가?라는 것을 고민해 볼 차례이다.

(2) 박목월의 「산이 날 에워싸고－南嶺에게」와 신경림의 「목계장터」, 정희성의 「저 산이 날더러－목월시 운을 빌려」－시구 및 탈태(혹은 환골)

1940년대 박목월은 「산이 날 에워싸고－南嶺에게」, 1970년대 신경림의 「목계장터」와 정희성의 「저 산이 날더러－목월시 운을 빌려」를 검토해 볼 필요가 있다. 특히 "신경림의 경우 「목계장터」는 박목월의 「산이 날 에워싸고」와 유사한 발상법과 가락조"[10]를 가진다는 점에서 본고가 의도하는 바와 일치하기 때문에 검토해 볼 수 있다. 가령 "하늘은 날더러 구름이 되라 하고 / 땅은 날더러 바람이 되라 하네"라는 신경림의 가락은 "흙담 안팎에 호박 심고 / 들찔레처럼 살아라 한다"라는 목월의 가락을 두루 수용하고 영향을 받았다.[11] 이 두 시는 농촌의 현실을 통한 인간의 정서, 한, 울분, 고뇌 등을 기초로 하여 자연과 하나가 되고자 하는 시인의 전통적인 자연관을 담고 있다.

---

10) 홍희표, 「신경림의 서정성 문제」, 『박목월 시의 연구』, 문학아카데미, 1992, 276쪽.
11) 홍희표, 「신경림의 서정성 문제」, 위의 책, 277쪽.

시에 담긴 자연관이나 가락의 경우 영향 관계가 드러나기 때문에 이를 비교해 볼 수 있을 것이다.

산이 날 에워싸고
씨나 뿌리며 살아라 한다.
밭이나 갈며 살아라 한다.
어느 산자락에 집을 모아
아들 낳고 딸을 낳고
흙담 안팎에 호박 심고
들찔레처럼 살아라 한다.
쑥대밭처럼 살아라 한다.

산이 날 에워싸고
그믐달처럼 사위어지는 목숨
구름처럼 살아라 한다.
바람처럼 살아라 한다.

　　　　　　　－「산이 날 에워싸고」(『3인시집－청록집』, 을유문화사, 1946)

　박목월의 시에 대해서 서정주는 '남방적 향토정서'를 표현했다고 주목했다.[12] '남방적 향토정서'란 '일종의 풍류 정신－여유 있게 사물에 구애되지 않고 사물 밖에 초연해 있는 그런 정신'이다. 이 작품에 대한 서정주의 설명은 다음과 같다.

―――――――――――――――――

12) 서정주, 「박목월의 시」, 『한국의 현대시』, 일지사, 1969, 222쪽.

아주 민요 같은 작품이다.

산 속에서, 망국민이기 때문에 사람과 사람 사이의 일은 다 끝났으니, 땅이나 보고 살 수 밖에 없다는 것이니. 이것은 의지가 없는 하나의 망국민으로서의 설움이 아니고 무엇이랴. 자연에 의거처를 삼아서 자연에 가탁해서 나온 것이다. 끝의 구절이 "구름처럼 살아라 한다. / 바람처럼 살아라 한다." 이것은 역시 앞에서도 말한 바 있는 풍류적인 표현, 즉 어떤 유장한 남방 정서의 표현이 잘 나타난 작품이라고 하겠다.

—서정주, 「박목월의 시」(『한국의 현대시』, 1969, 227~228쪽)

신동욱의 말처럼 '그 자연은 시인의 해석에 의해서 언어로 조립된 자연'이라 할 수 있다. 그래서 자연은 '단순한 敍景이 아니라 이 시인의 내심과 밀접하게 관계되어 해석된 미'인 것이다.[13]

일제하의 정신적 방황 속에서 박목월이 의지할 수 있는 조립된 자연이라 할 수 있다. 단순히 자연으로의 귀의라기보다는 일제 강점기에 인간다운 삶을 빼앗긴 상태에서 고통을 벗어나고자 하는 시인의 욕망이 내재한 조립된 자연이다. 그래서 "「산이 날 에워싸고」에서 우리는 이 시가 감상적 오류(affect fallacy)를 극복했다고 볼 수 없는 것이다. 한 시골 사람의 소박한 내면 풍경에 다름 아닌 주어진 삶의 조건에 순응해 가는 체념과 무의지를 읽게 될 뿐"[14]이라는 부정적 평가를 받기도 한다.

다음 시는 신경림의 「목계장터」이다.

---

13) 신동욱, 「조지훈의 시에 나타난 저항의식」, 『조지훈 연구』, 127쪽.
14) 감태준, 「한국 현대시의 두 양상」, 『목월 문학 탐구』, 민족문화사, 1983, 270쪽.

하늘은 날더러 구름이 되라 하고
땅은 날더러 바람이 되라 하네.
청룡(靑龍) 흑룡(黑龍) 흩어져 비 개인 나루
잡초나 일깨우는 잔바람이 되라네.
뱃길이라 서울 사흘 목계 나루에
아흐레 나흘 찾아 박가분 파는
가을볕도 서러운 방물 장수 되라네.
산은 날더러 들꽃이 되라 하고
강은 날더러 잔돌이 되라 하네.
산서리 맵차거든 풀 속에 얼굴 묻고
물여울 모질거든 바위 뒤에 붙으라네.
민물새우 끓어 넘는 토방 툇마루
석삼년에 한 이레쯤 천치(天痴)로 변해
짐 부리고 앉아 있는 떠돌이가 되라네.
하늘은 날더러 바람이 되라 하고
산은 날더러 잔돌이 되라 하네.

—「목계장터」(『새재』, 창작과비평사, 1979)

외형상 시형이나 리듬이 박목월과 많이 닮아 있다는 것을 알 수 있다. 그러나 이를 두고 표절이라 단정하기는 힘들다. 가령 시조는 외형상 동일하기 때문에 모두 표절이라고 하기 힘들다는 것과 같다. 따라서 그 밖의 장치를 두고 표절과 영향 관계를 검토할 필요성이 있다.

「목계장터」란 제목으로 시인은 세 번을 썼다. 74년 봄에 ≪경향신문≫, ≪자유공론≫지에 발표한 후에, 1976년 ≪엘레강스≫에 발표했다. 신경림은 세 번째 쓴 작품을 '꽤 만족'해 했다.15) 그는 왜 세 번을 썼는가?

시인 스스로가 말했듯이 "우리의 고유한 가락—그것이 빠져 있어서는 목계장터는 결코 한 편의 시로 될 수 없다는 생각이 들었다."(308쪽)

고 했다. 우리의 고유한 가락이란 바로 '민중의 생활과 감정, 한과 괴로움을 가장 직정적이고도 폭넓게 표현한 민요를 외면할 수 없다'는 점이다. 다시 말하면 "가난하고 억눌린 사람들의 보편적 느낌과 의지와 저항, 이것이 오늘의 우리 시 속에 이어져야 할 민요 가락"16)인 셈이다. 이러한 창작 동기가 바로 신경림의 「목계장터」이다. 여기에다 향토정서의 대표 시인인 박목월의 「산이 날 에워싸고」라는 시적 영향을 확인할 수 있다. 물론 신경림의 「목계장터」 창작 과정에는 이러한 언급을 찾아 볼 수 있다. 그러나 이 두 작품의 영향 관계를 파악할 수 있다.

> 몇몇 선배 시인들에 의해서 민요조의 시가 여러 번 시도되었던 일을 우리는 기억하고 있다. 그래서 그 몇몇 선배 시인에게는 민요시인이라는 에피세트까지 붙게 되었다. 그로나 그들이 시도한 것(김소월, 김안서를 제외한다면)이 엄격히 따져 볼 때 민요의 가락이라 부를 수 있는 것인지 의심된다. 대부분 글자 수를 맞추는 일에 시종하거나 기껏해야 조선조 지배 계층인 양반들의 십팔번이던 음풍농월의 한시를 흉내내거나 심하면 번역에 그치는 것이 고작이었다. 이는 민요에 대한 철저한 인식이나 검토가 없는 데 따른 것으로서, 오늘의 시 속에 민요의 가락을 되살린다 할 때 당연히 선배 시인들의 실패가 거울이 되지 않아서는 안 될 것이다.
>
> ─신경림, 「시와 민요」(『삶의 진실과 시적 진실』, 69쪽)

---

15) 신경림, 「목계장터」, 『삶의 진실과 시적 진실』, 전예원, 1983, 307~311쪽.
16) 신경림, 「시와 민요」, 앞의 책, 69쪽.

위의 인용에서 보듯이 김소월, 김안서만을 예외로 두고 나머지 선배 시인에 대해서 구체적으로 언급하지 않았다. 물론 선배 시인인 박목월을 포함하지 않았다. 물론 이들의 영향 관계를 부정할 수 없다.

신경림의 시는 '목계장터'를 중심으로 떠돌이 생활을 하는 민중들의 삶과 생명력을 노래하고 있다. 이 시의 표현상 특징은 전통적인 민요의 리듬을 연상시키는 4음보를 주된 율격으로 하면서, '하고'·'하네'·'라네' 등의 어미를 반복적으로 구사하여 생동감 있는 시상을 전개하고 있다.[17] 전체적으로 방랑과 정착의 이미지가 교체되어 나타나고 있다. 독백은 화자 개인의 삶의 애환을 토로하는 것이 아니라, 떠돌이의 삶을 살아갈 수밖에 없었던 민중의 고뇌라는 일반화된 삶의 현실을 대변하는 것이다.

박목월의 「산이 날 에워싸고」는 시대 상황이라는 측면이 강조되었고, 신경림의 「목계장터」는 유년의 기억과 체험을 통해서 삶의 진실을 시적 진실로 표현한 것이다. 이러한 차이에도 불구하고 신경림의 시는 작가의 체험에다 선배 시인의 시적 표현을 빌려와 시적 변용을 거친 것이라 할 수 있다. 그래서 청록파의 시적 영향력을 확인할 수 있다. 김춘수가 말한 것처럼 "우리는 항상 남으로부터 받는 영향을 두려워할 것이 아니라, 그것을 어떻게 소화해서 내 것으로 할 것인가 하는 데 대해서 마음을 써야"[18]한다는 점에서 두 시를 좋은 본보기라 할 수 있겠다.

한계전은 신경림의 「목계장터」를 "우리 전래의 민요조 가락이 가

---

17) 유종호, 「목계장터」, 『시 읽기의 방법』, 삶과 꿈, 2005, 196쪽.
18) 김춘수, 「아류와 영향」, 『시의 이해와 작법』, 자유지성사, 2003, 115~116쪽.

장 완벽하게 현대적으로 변용"19)되었다고 평가했는데, 이를 정희성이 박목월의 시에서 눈치 챈 것이다. 그리하여 정희성은 박목월의 시운(詩韻)을 빌려 다음과 같은 시작을 발표했다.

정희성의 「저 산이 날더러―목월시 운을 빌려」의 전문은 다음과 같다.

산이 날더러는
흙이나 파먹으라 한다
날더러는 삽이나 들라 하고
쑥굴헝에 박혀
쑥이 되라 한다
늘퍼진 날 산은
쑥국새 울고
저만치 홀로 서서 날더러는
쑥국새마냥 울라 하고
흙 파먹다 죽은 아비
굶주림에 지쳐
쑥굴헝에 나자빠진
에미처럼 울라 한다
산이 날더러
흙이나 파먹다 죽으라 한다

―「저 산이 날더러―목월시 운을 빌려」 (≪문학과 지성≫, 1975)/
『저문 강에 삽을 씻고』(창작과비평사, 1978)

위의 세 작품을 비교하면 다음과 같다.

---

19) 한계전, 「목계장터」, 『한계전의 명시 읽기』, 문학동네, 2002, 302쪽.

	박목월	신경림	정희성
연 구성	3연 12행	1연 16행	1연 15행
지배소 (Dominant)	구름·바람	구름·바람·잔돌·들꽃	쑥
주 제	일제 강점기의 자연의 삶 지향	민중들의 삶의 애환	자연 순응의 삶의 자세

이와 같은 틀을 구성해서 보면, 세 작품의 형식적 패러디의 틀과 함께 내용상 시상의 영향(탈태)을 받거나 일정한 시구의 인용(환골)이라는 점을 알 수 있다.

지배소 선택의 방법[20]에 따르면 위의 표와 같다. 박목월의 구름·바람은 유유자적과 구속됨이 없는 삶의 지향이라 볼 수 있다. 신경림은 천상-구름과 바람, 지상-잔돌, 들꽃인데, 천상과 동일하다고 할지라도 지상의 삶은 아무렇게 처박힌 잔돌 혹은 들꽃의 이미지를 이야기하고 있다. 정희성은 '쑥'처럼 '쑥굴헝'에 박혀 살아야 한다는 자연 순응의 자세를 말한다. 이는 "흙 파먹다 죽은 아비 / 굶주림에 지쳐 / 쑥굴헝에 나자빠진 / 에미"의 불행한 삶이다. 이처럼 박목월과 신경림, 정희성은 삶의 애환을 다룬다는 점에서 공통점이 있다.

정희성은 신경림보다는 박목월의 가락과 발상법에 영향을 받았다고 볼 수 있다. 구체적으로 의인화 장치, 소재(산, 농민 등), 주제(자연)의 탐닉 등으로 나눌 수 있다. 가령 "산이 날더러는 / 흙이나 파먹으라 한다"는 점에서 개간 농민의 삶의 자세에서 의인화·소재·주제 등을 볼 수 있다.

---

20) 졸고, 「지배소 선택의 방법」, 『현대시분석방법론』, 역락, 2005, 55~64쪽.

3. 결론

현대시의 표절과 영향 관계를 통해 시의 다양성을 파악해 볼 수 있다는 점에서 본고는 출발했다. 엄밀하게 말하면 영향 관계에 있는 작품들을 놓고 표절의 경계까지를 생각해 본 것이다. 적어도 영향 관계나 표절의 부분은 유명 작가와 작품에 많이 몰려 있다고 볼 수 있다. 그래서 청록파와 이형기, 신경림, 정희성을 나란히 검토한 것이다. 검토 결과는 다음과 같다.

첫째, 박목월은 낙화의 슬픔을 드러냈고 이형기는 낙화의 아름다움을 표현했다. 분명 낙화의 이미지로 삶의 하강과 상승이라는 두 개의 무게를 다루고 있다는 점에서 앞의 여러 작품과 분명 다른 점이 있다. 두 작품은 꽃의 생성과 소멸이라는 이미지를 가지고 인생의 삶과 죽음을 노래했다고 한다면, 이 두 작품의 관계를 표절보다는 영향 관계에 있다고 설명할 수 있다.

둘째, 신경림의 시는 외형상 시형이나 리듬이 박목월과 많이 닮아 있다는 것을 알 수 있다. 그러나 이를 두고 표절이라 단정하기는 힘들다.

셋째, 정희성은 신경림보다는 박목월의 가락과 발상법에 영향을 받았다고 볼 수 있다. 의인화 장치, 소재(산, 농민 등), 주제(자연)의 탐닉 등으로 나눌 수 있다.

앞으로도 표절 문제와 영향 관계에 있는 작품들이 쏟아질 것이다. 그래서 시의 정신적 깊이를 들여다 볼 수 있는 방안이 무엇인지를 검토하는 세밀한 장치가 필요하다. 본고는 이러한 고민이 지속적일 때 표절의 문제와 영향 관계의 문제를 올바르게 평가할 수 있다고 본다.

참고문헌

감태준(1983), 「한국 현대시의 두 양상」, 『목월문학탐구』, 민족문화사.
박두진(1970), 『한국현대시론』, 일조각.
______(1978), 「조지훈의 시세계」, 『조지훈 연구』, 고려대출판부.
신경림(1983), 『삶의 진실과 시적 진실』, 전예원.
______(1992), 『신경림 문학 앨범』, 웅진출판.
서정주(1969), 『한국의 현대시』, 일지사.
이문걸(1995), 『'청록집'의 원형심상 연구』, 동아대학교 박사학위논문.
유종호(2005), 『시 읽기의 방법』, 삶과 꿈.
최병준(1997), 『조지훈 시 연구―시와 삶의 미학』, 한국문화사.
한계전(2002), 「목계장터」, 『한계전의 명시 읽기』, 문학동네.
홍희표(1992), 『박목월 시의 연구』, 문학아카데미.
김용직(1983), 『한국현대시사연구』, 일지사.
______(1996), 『한국현대시사』(1), 한국문연.
김춘수(2003), 『시의 이해와 작법』, 자유지성사.
김재홍(1986), 『한국현대시인연구』, 일지사.

현대시 분석의 쟁점 : 표절 시비

1. 문제 제기

현대시를 분석할 때 선정의 까다로움 가운데 하나는 표절(剽竊)에 관한 시비다. 좋은 작품일수록 표절 시비는 일게 마련이다.[1] 그렇기 때문에 작품성을 분명히 따질 필요가 있다.[2] 작가들 사이에서 원작

---

[1] 졸고, 「모방과 표절 시비」, 『한국 현대시의 탐색』, 역락, 2001, 269~283쪽 참고
[2] 비록 학계에서는 표절을 둘러싼 일련의 문제에 대해 본격적인 '논쟁'이 진행된 바는 없으나, 우리 비평계는 제법 열띤 논쟁의 시기를 거쳤던 적이 있다. 1992년 이인화의 소설 「내가 누구인지 말할 수 있는 자는 누구인가」를 둘러싼 일련의 논쟁이 그것이다. 이 논쟁은 그 자체로는 논자들 쌍방이 공히 동의할 수 있는 투명한 '합의'에는 이르지 못했지만, 적어도 '표절'을 둘러싼 최소한의 '자의식'이 형성된 계기였다는 점에서 주목할 만하다. 특히 이 논쟁은 당시에 하나의 유력한 '지적 패션'이었던 '포스트모더니즘 수용'을 둘러싼 논쟁과 연동되면서, 우리가 앞에서 이야기한 '문화 식민주의'의 문제에 대해서도 심화된 고민을 전개시

과 표절작 사이의 시비라 하더라도 작품을 평가하는 비평가의 입장에서는 과연 어느 작품이 표절인지는 관심거리가 아닐 수 없다. 그래서 원작과 표절작에 대한 몇 가지 가능성을 짚을 수 있다.

우선 두 원작이 따로 창작되었기 때문에 표절로 보기 어렵다는 경우, 둘째, 의도적 표절이 아니라면 우연의 일치일 수도 있다. 셋째, 표절일 경우 원작과 표절작이 뒤바뀌어 독자들에게 알려질 수도 있다. 넷째, 선후배 시인 간에 좋은 작품에 대한 문학적 영향을 받았다고 볼 수 있다.[3] 또 발표 시기를 조작하여 원작과 표절작이 바뀔 수도 있다. 그러나 이를 어떻게 증명할 것인가? 이런 문제들을 고려해보면 시 작품 분석의 대상 선정과 동시에 분석의 태도를 분명히 할 필요가 있다. 본고는 원작이라고 주장하는 작품과 표절이 아니라고 주장한 작품을 통해 이를 검토하고자 한다.

키는 계기가 되었던 점도 기억될 필요가 있다(이명원, 「'표절'과 '문화 식민주의' 논쟁 : '새것 콤플렉스'로부터의 자유는 불가능한가」, 『파문』, 새움, 2003, 227~ 228쪽).

3) 오탁번 시인은 아마도 정지용의 시에 심취한 습작기를 가졌던 것 같고, 그의 시심에 지용의 영향이 깊이 뿌리내린 것으로 보인다.

　지용을 꿈꾼 저녁마다 창 밖에서 바람 소리가 들렸다. 아침이면 알지 못할 방문객이 초인종을 누르며 나를 찾아왔는데 그의 모습도 그가 투표권이 있는지도 나는 모른다. 그는 자꾸 종을 누르며 나는 점점 그를 알지 못하며, 지용을 꿈꾼 저녁마다 창 밖에서 바람 소리가 들렸다. 난초 잎에 적은 바람이 오다. 난초 잎은 춥다(「지용에게」 전문).

　위 시 끝부분 "난초 잎에 적은 바람이 오다" "난초 잎은 춥다"는, 정지용의 "난초 잎에 / 적은 바람이 오다" "난초 잎은 / 춥다"(「난초」)의 끝부분을 그대로 옮긴 것이다. 이 옮김을 누가 표절이라 할 것인가? 그것은 바로 오탁번 시인의 정지용에의 편향, 정지용의 시에의 애착이 아닌가?(이기철, 「해학의 넓은 길－오탁번 시인」, 『쓸쓸한 곳에는 시인이 있다』, 2005, 219~220쪽).

2. 시 텍스트 분석과 해결 방안

(1) 오세영의 「서울은 불바다 2」와 이대흠의 「봄은」

1994년 『현대시사상』(여름호)에 발표한 오세영의 「서울은 불바다 2」
와 1997년 5월 ≪제3회 현대시 동인상≫ 수상작인 이대흠의 「봄은」
이 그 표절 시비의 대상작이다. 우선 두 작품을 인용해 보자.

가)

적 일개군단
남쪽 해안선에 상륙,
전령이 떨어지자 갑자기 소란스러워지는
戰線
참호에서, 지하 벙커에서
녹색 군복의 병정들은 일제히 하늘을 향해
총구를 곧추세운다.
발사!
소총, 기관총, 곡사포, 각종 총신과 포신에
붙는 불,
지상의 나무들은 다투어 꽃들을 쏘아올린다.
개나리, 진달래, 동백……
그 현란한 꽃들의 전쟁,
적기다!
서울 영공에 돌연 내습하는 한 무리의
벌떼!
요격하는 미사일
그 하얀 연기속에서
구름처럼 피어오르는 벚꽃,

봄은 전쟁인가,
서울을 불바다로 만든
이 봄의 핵 투하.

나)

조용한 오후다 무슨 큰 일이 닥칠 것 같다 나무의 가지들 세상 곳
곳을 향해 총구를
겨누고 있다 숨쉬지 말라 그대 언 영혼을 향해 언제 방아쇠가 당
겨질지 알 수 없다 마침내
곳곳에서 탕, 탕, 탕 세상을 향해 쏘아대는 저 꽃들 피할 새도 없이
하늘과 땅에 저 꽃들 전쟁은 시작되었다 전쟁이다.

가)가 원작이라고 주장하는 오세영은 나)의 이대흠의 시가 표절했
다고 주장한다. 이에 대해 수상작 심사를 맡은 정진규는 다음과 같이
이의(異義)를 제기한다.

가)

오씨는 "봄은 일종의 자연의 전쟁"이라는 상상력 내지는 발상에서
부터 '나뭇가지-총, 꽃-총, 발포-꽃의 개화' 등 시적 소재를 거쳐
"봄은 전쟁인가", "봄은 전쟁이다"는 결말 부분이 똑같아 두 시의 일
치성을 확인시켰다.

─이경철, 「가버린 순수 시인과 순수성의 확보」(《문예중앙》, 1997년 가을호, 221쪽)

나)

오 씨에 대한 반론을 편 사람은 이 상의 심사를 맡았던 정진규 씨.
"봄날의 생명적 역동성을 두고 '전쟁'으로 비유하는 것은 보편적 발
상이기 때문에 어느 한 시인의 독창적 전유물이 될 수 없다"며 표절
로 볼 수 없다고 했다.

─이경철, 위의 책(221쪽)

다)

이에 대해 오씨는 "설사 보편적 상상력이라 해도 소재나 표현이 같으면 표절로 볼 수밖에 없다"고 재반론을 폈다. 그러면서 오씨는 "한국 시단의 발전과 건전한 창작 기풍의 진작을 위해 노력하는 일도 선배 시인들이 감당해야 할 몫"이라고 밝혔다.

－이경철, 위의 책(222쪽)

가)는 시 창작의 상상력과 발상을 문제 삼아 표절의 근거를 밝히고 있다. 나)는 창작에서 상상력과 발상은 보편성이기 때문에 표절로 볼 수 없다는 주장이다. 다)는 이들 서로의 반론 내용이다.[4]

---

4) 다음 두 작품은 시적 발상이 유사하다고 볼 수 있다. 전문을 인용하면 다음과 같다. 가) 작품이 지방 신문의 신춘문예의 가작인데, 나) 작품의 발상을 빌렸다고 하는 논의가 있었다.

가) 손병걸, 「항해」 전문.

비린내 그윽한 다대포 바닷가 / 꼼장어 구이집 방문 앞에 / 각양각색의 신발들이 뒤엉켜 있다. //

다른 구두에 밟힌 채 일그러진 놈 / 에라 모르겠다 벌러덩 드러누운 놈 / 물끄러미 정문만 바라보는 놈 / 날씬한 뾰족구두에 치근대는 놈 / 신발 코끝 시선들이 그야말로 아수라장이다. //

어느새 젓가락 장단 끝이 나고 / 사람들 한 무더기 자리를 털고 일어서자 / 다대포 앞바다 썰물 빠지는 소리가 / 꼼장어 구이집 창 너머로 아득하다. //

연방 뭐라고 중얼거리는 꼼장어 안주 삼아 / 슬며시 쓴 소주 몇 잔 들이켜고는 / 담배 한 개비 입에 문 채 가만히 생각해 보니 / 잠시 정박했던 배들이 / 저 푸른 바다로 떠난 것이었다. //

그 순간, 꼼장어 구이집 안으로 / 환한 웃음 실은 만선(滿船)들이 쏟아져 들어온다.

나) 유홍준, 「喪家에 모인 구두들」 전문.

저녁 상가(喪家)에 구두들이 모인다 / 아무리 단정히 벗어놓아도 / 문상을 하고 나면 흐트러져 있는 신발들 / 젠장, 구두가 구두를 / 짓밟는 게 삶이다 / 밟히지 않는 건 망자(亡者)의 신발뿐이다 / 정리가 되지 않는 상가의 구두들이여 / 저건 네 구두고 / 저건 네 슬리퍼야 / 돼지고기 삶는 마당가에 / 어울리지 않는 화환

비평가는 어느 입장에 서야 하는가? 기본적으로는 작품 분석과 평가에 대한 냉철한 입장을 고수해야 하지만 표절작에 대한 논의를 간과할 수는 없다. 문학상을 받는다는 것은 한국문학사에 위치할 수 있는 가능성이 높다는 점에서 신중하게 검토해야 한다. 자칫하면 표절작으로 한국시문학사가 정리될 수 있기 때문이다.

표절과 독창성은 문학 창작에서 중요한 문제다. 필자는 텍스트의 꼼꼼한 분석을 시도한 다음에 이에 대한 논의를 시도하는 것이 중요하다고 판단한다. 따라서 본고에서 검토하는 단계는 다음과 같다.

첫째 각 작품의 주제를 <구조 선행의 방법>으로 분석한다.

두 번째는 이와 비슷한 사례를 통해 표절 여부를 판단하는 자료로 활용한다.

세 번째는 표절작이 아닐 경우와 표절작인 경우를 상정하여 비교해 본다.

이러한 방법으로 검토한 뒤, 이에 대한 여부를 정리하는 것이 자연스러울 것이다.

몇 개 세워놓고 / 봉투 받아라 봉투, / 화투짝처럼 배를 까뒤집는 구두들 / 밤 깊어 헐렁한 구두 하나 아무렇게나 꿰 신고 / 마당가에 가서 오줌을 누면, 보인다 / 북천(北天)에 새로 생긴 신발자리 별 몇 개//

(2) 시 텍스트 분석

오세영의 시부터 분석하겠다. 1연의 1행은 마치 전쟁의 상황을 연상케 하는 "적 일개 군단"이 표현되었다. 2행은 "남쪽 해안선에 상륙"이라는 실제 전쟁 상황을 제시하고 있다. 그리고 3행과 4행에서는 전쟁 상황의 실제감을 보여 주는 "전선(戰線)"이다. "감옥에서, 지하 벙커에서 / 녹색 군복의 병정들은 일제히 하늘을 향해 / 총구를 곧추 세운다"는 총구에서 발사되는 총알을 "붉는 불"로 묘사한다. 이는 실제 전선에서 벌어지는 전쟁 상황을 그리고 있다. 그런데 이 시의 시적 발상이 전쟁 상황을 봄꽃이 피는 과정으로 인식의 전환을 가져온 작품이기 때문에 상당히 흥미롭게 읽힌다.

11행에서는 개화를 "지상의 나무들은 다투어 꽃을 쏘아 올린다"는 이미지로 대체한다. 그리고 꽃들의 정체는 개나리, 진달래, 동백 등등이다. 이러한 꽃 종류의 개화를 "그 현란한 꽃들의 전쟁"이라고 표현한다. 여기서 적이 누구인지를 알 수 있기 때문에 재미있게 읽힌다. 정말 추운 겨울이거나 이에 연상되는 어떤 의미가 적군으로 표현된 것이다. 적어도 적기다라고 했을 때, 봄의 개화를 방해하는 강력한 세력이라면 추운 겨울일 수 있다. 그러나 다음 행에서는 "서울 영공에 내습하는 한 무리의 / 벌떼"로 표현하고 있다. 그리고 봄의 정체를 밝히기 위해 시인은 연을 바꾸어 정확하게 표현하고 있다. "봄은 전쟁인가. / 서울은 불바다로 만든 / 이 봄의 핵 투하"라고 했는데, 이는 봄에 대한 아름다움을 묘사했다거나 봄이 가지는 시인만의 슬픔을 표현한 것이 아니다. 다만 봄이 오는 것을 전쟁 상황으로 다시 한 번 제시한 것이다.

　　이대흠의 시는 총 4행으로 된 비연시(非聯詩)이다. 시의 내용을 보면 오세영의 시와 달리 변화를 증폭시키기 위해 "조용한 오후"라는 시간적 배경을 정리해 놓고 있다. 변화를 증폭시키기 위해 "무슨 큰 일이 닥칠 것 같다"라는 시행을 더 보탬으로써 그 의미는 무게를 더하고 있다. 이는 독자들에게 심리적 압박감을 통해 정서적 카타르시스를 요구하는 시작 태도이다. 결국 "나무의 가지들"을 "총구"에 비유함으로써 "세상 곳곳"에서 개화를 암시하고 있다. 봄날의 엄숙한 변화를 시인은 "숨쉬지 말라"고 경고하는 것이다. 현대 속에서 "언 영혼을 향해 언제 방아쇠가 당겨질지 알 수 없다"고 하여 숨 막히는 상황을 쉼 없이 전개하고 있다. 그래서 연의 구별을 통해 시적 감정의 휴지를 주지 않고 계속해서 긴장감을 유지한다는 점에서 탁월한 시적 장치를 보여주었다고 판단된다. 마침내 그 엄숙한 순간을 "탕, 탕, 탕 세상을 향해 쏘아대는" 개화를 보여 주고 있다. "하늘과 땅에 저 꽃들 전쟁은 시작되었다"고 하면서 한마디로 "전쟁"이라고 했다. 우리가 선행한 "전쟁"의 이미지는 죽음과 고통이지만 이 이미지를 완전히 뒤집는다는 점에서 그 탄성을 자아낸다. 하지만 그 탄성이란 결국 봄날의 개화를 전쟁 상황에 비유한 것인데 오세영의 시적 발상과 유사함을 엿볼 수 있다. 그래서 주제 혹은 시적 발상이 같다는 점에서 표절이라는 주장이 설득력을 가질 수 있다. 그러나 문학상의 심사를 맡았던 정진규는 "보편적 발상"이라는 입장을 견지한 것이다. 이에 대해 오세영은 소재나 표현 면에서 보면 같다고 하여 표절이라고 주장하는 것이다.

(3) 내용적 논의

필자는 표절과 모방, 그리고 패러디에 대해서 고민하고 논의한 바가 있다. 필자의 논의가 오세영과 이대흠 시 논쟁을 정리하는 데 어떤 근거를 제시할 수 있을 것이다. 김춘수의 「꽃」에 대한 필자의 논의를 정리해 보면 이에 대한 논의를 파악할 수 있을 것이다. 1950년대 실존주의 철학을 바탕으로 하여 인구회자(人口膾炙)되었던 김춘수의 「꽃」에 대해서 많은 시인들이 의도적으로 창작하였다. 이의 검토를 통해 기준을 마련했었다. 다음은 필자가 논의한 내용을 결론만 정리한 것이다.5)

이에 대한 원전(pre-text)과 대상 작품(parodied-text)의 각 연의 구성과 주제가 어떻게 다른지를 간략히 도표화시키면 다음과 같다.

가) 원전과 대상 작품 비교

	연 구성	支配素 (Dominant)	주 제
pre-text (김춘수)	4	이름-몸짓-꽃- 하나의 눈짓	인간 존재의 고독성에 대한 서로의 인식
target-text 1 (오규원)	5	이름-명명-의미 의 틀	인간 존재의 관계에서 왜곡되지 않는 '의미의 틀'로 자리 지워지기를 갈망
target-text 2 (장정일)	4	단추-라디오-전 파-사랑	진정한 '우리들의 사랑'을 자유롭게 구가하고 싶은 욕망

---

5) 졸고, 「고전시론과 현대시론의 한 접점 연구」, ≪한국시학연구≫, 한국시학회, 1998, 156~188쪽.

target-text 3 (장경린)	5	섹스—꽃—利子	물질문명의 사회 비판과 진정한 사랑을 갈구
target-text 4 (최상호)	5	의미 있는 존재—이름—꽃	한 사람의 시인으로서, 지식인으로서 느끼는 자괴감과 완전치 못한 교사로서의 부끄러움

나) 작품 비교의 결과

위의 내용을 통해 내릴 수 있는 결론은 다음과 같이 정리할 수 있다.

첫째, 입력된 의도를 위해 시인은 시적 구성(연 또는 행)의 변화를 시도하고 있다.

둘째, 독자로 하여금 작가의 의도를 추론할 수 있도록 중요 모티브의 변화를 시도하고 있다.

셋째, 작가의 의도된 결과는 다소 거리를 둠으로써 창작적인 패러디를 보여주고 있다.

넷째, 용사 가운데 환골탈태론이 있다. 이는 시 작품 자체를 한정하여 패러디를 축약적으로 제시한 경우이다. 환골탈태론 중에 환골법은 특정 작품의 시상을 그대로 두고 다른 어휘를 사용하는 방법, 즉 동일한 통사 구조에 어휘만 바꾸어 놓은 것이다. 물론 pre-text와 parodied-text 사이의 거리는 다소 존재하지만 위의 작품들은 바로 환골법과 같은 기법과 다름이 아님을 알 수 있다. 여기에서 본고가 의도하는 고전시론과 현대시론의 한 접점을 확인할 수 있다.

위와 같은 방법론으로 두 시를 비교해 보면 다음과 같다.

	연 구성	지배소(Dominant)	주 제
pre-text 오세영, 「서울은 불바다 2」	2	봄	봄의 개화
target-text 이대흠, 「봄은」	비연시	봄	봄의 개화

위와 같이 이대흠의 짧은 비연시(非聯詩)를 오세영 시와 비교해 보면 다음과 같다.6) 창작 동기 / 지배소 / 주제의 동일성으로 본다면, 분명 표절 시비가 있음을 알 수 있다. 오세영은 전쟁 상황에서 전쟁이다라고 묘사했지만, 이대흠은 조용한 오후에 갑자기 전쟁이 시작되었다고 할 경우 시적 감흥이 떨어진다고 할 수 있다. 이 시의 계기가 봄의 개화라는 시적 상상력과 전쟁 상황으로 비유하는 도발적인 발상이었다면 뭔가 석연치 않은 것이 사실이다.

정진규는 "봄날의 생명적 역동성을 전쟁으로 비유하는 것이 보편적 발상이고 생명의 역동성일 뿐, 그 이상의 발상은 창의성으로 보아야 할 것이다."라고 했다. 비교와 판단에 근거한 평가라 하더라도 비평가의 분석은 곤혹스럽다. 여기에 텍스트 선정과 분석의 논쟁점이 자리하고 있는 것이다.

(4) 형식적 논의

시인 박상배는 모방과 표절의 정당성을 주장했지만 이는 시인의 정당한 시적 고뇌를 바탕으로 해야 한다는 전제하에 가능한 이야기이다. 김춘수는 "우리는 항상 남으로부터 받는 영향을 두려워할 것이

---

6) 시행은 의미 전달의 최소 단위로 구성하는 것이고, 시행의 파괴도 표면적으로 파괴일 뿐, 의도적으로는 작가의 의도가 깔린 창작의 형태로 시행을 구성한다는 것을 알 수 있다(졸고, 「시행과 연의 의미」, 『비평과 삶의 감각』, 역락, 2004, 29쪽). 김춘수는 행과 연이 이루어지는 이유를 ① 리듬의 단락, ② 의미의 단락, ③ 이미지의 단락이라고 했다(『김춘수 전집-②』, 문장사, 1982, 403쪽).

아니라, 그것을 어떻게 소화해서 내 것으로 할 것인가 하는 데 대해서 마음을 써야"[7] 한다고 했다. 한국시사에서 주목받은 시인들은 한결같이 김춘수의 「꽃」을 패러디했음을 밝히고 있다. 김춘수의 「꽃」을 패러디했다고 밝힌 시작 제목들을 정리하면 다음과 같다. 오규원의 「'꽃'의 패러디」, 장정일의 「라디오같이 사랑을 끄고 켤 수 있다면─김춘수의 '꽃'을 변주하여」, 장경린의 「김춘수의 '꽃'」, 최상호의 「김춘수의 '꽃'을 가르치며」 등이다. 따라서 이대흠은 분명히 패러디했다거나 모방이나 표절을 하지 않았다는 분명한 태도나 창작적 패러디를 했다는 태도를 보이지 않았다. 이를 어떻게 볼 것인가?

또 다른 측면에서 문제가 제기될 수 있다. 위의 논의는 전체적으로 다른 중요한 시어만 고친 환골법이지만 오세영과 이대흠은 시어를 고친 것이 아니라 시상을 빌려왔다는 점에서 탈태법의 원리로 파악할 수 있다. 시상을 빌린 것이 과연 표절인가를 평가해야 하는 문제이다. 이는 작가의 양심에 있다. 비평가나 연구자가 이를 단정할 경우 반드시 또 다른 논쟁을 불러일으키게 되고, 본질을 왜곡하여 소모적인 논쟁이 될 가능성이 있는 것이다.

앞의 시와 시적 발상이 유사한 오세영의 시 한편을 인용하면 다음과 같다.

산천(山川)은 지뢰밭인가
봄이 밟고 간 땅마다 온통

---

7) 김춘수, 「아류와 영향」, 『시의 이해와 작법』, 자유지성사, 2003, 115~116쪽.

지뢰의 폭발로 수라장이다.
대지를 뚫고 솟아오른, 푸르고 붉은
꽃과 풀과 나무의 여린 새싹들,
전선엔 하얀 연기 피어오르고
아지랑이 손짓을 신호로
은폐 중인 다람쥐, 너구리, 고슴도치, 꽃뱀……
일제히 참호를 뛰쳐나온다.
한치의 땅, 한 뼘의 하늘을 점령하기 위한
격돌,
그 무참한 생존을 위하여

봄은 잠깐의 휴전을 파기하고 다시
전쟁의 포문을 연다.

—오세영, 「봄은 전쟁처럼」(『봄은 전쟁처럼』, 세계사, 2004)

이 시에 대한 한 평자의 글을 인용하면 다음과 같다.

이 작품에서 시인은 생명이 약동하는 봄날을 전투 상황에 비유하는 낯선 방식을 통해, 자연이 빚어내는 저 요란한 생명의 축제를 그려낸다. 차갑고 황폐한 대지의 억압을 뚫고 나와 저 창공을 향해 무한히 비약하려는 "꽃과 풀과 나무의 여린 새싹들", 또 대지의 은폐를 떨쳐보이고 일제히 봄날의 햇살 속으로 뛰쳐나오는 짐승들이 벌이는 도저한 생명의 축제, 시인은 자연이 펼쳐 보이는 생명의 축제를 통해 죽음을 강요하는 근대의 기계적인 세계상에 대항한다. 기계-문명-도시에 대해 유기체적 자연 질서를 맞세우는 이러한 문명비판의식은 오세영 시인의 시 창작에 일관하고 있는 동양적 자연관에 맞닿아 있는 것이다. 자연은 그에게 도구적 "이성(理性)만 남고 / 인간이 죽어버린 이 세계"의 광기와 폭력성을 고발하는 정신적 준거가 된다.

—남기혁, 「자연과 생명, 문명 비판의 목소리」(≪시와 시학≫ 2005년 봄호, 350쪽)

본고에서 논의하고자 한 시 가)와 나)를 비교해 보면, 시적 발상이 기본적으로 동일함을 알 수 있다. 그것은 "생명이 약동하는 봄날을 전투 상황에 비유"했기 때문이다.[8] 위의 시는 오세영의 연작으로 볼 수 있다. 동일 시인의 연작은 시인의 시작 태도나 주제, 애매한 시의 해석을 할 때 검토할 필요가 있다.[9] 위의 작품은 오세영의 시적 발상이 토대가 된 여러 작품 중의 한 작품인 것이다. 결국 가)는 오세영의 시작 태도가 분명하게 드러난 작품임을 알 수 있다. 그러나 가)와 나)의 작품이 정말 우연의 일치였다면 이는 시적인 영감의 일치라고 볼 수 있다. 시적 영감이 없다고 누가 이야기할 수 있겠는가? 하지만 그 시적 영감이 정말 일치할 수 있는가 하는 의구심을 누구나 가지게 될 것이다.

3. 맺음말

창작과 표절 사이의 시비 경계점을 찾는다는 것은 매우 까다롭고 어렵다. 본고는 창작과 표절 시비 사이에서 하나의 기준을 제시하고자 했다. 그래서 두 시인의 작품을 대상으로 검토한 결과는 다음과 같다.

---

8) 유성호도 "봄을 폭발적인 전쟁 이미지로 노래한 시"라고 피력했다(「서정적 인간 회복을 위한 역설적 꿈」, 『봄은 전쟁처럼』, 세계사, 2004, 132쪽).
9) 최동호 편역, 「제4장 시 해석의 사례」, 『시의 해석』, 새문사, 1985, 73쪽.

첫째, 소재나 제재를 통하여 형상화하는 방법론이 유사하다면 이를 표절로 볼 수 있다.

둘째, 창작과 표절의 경계를 둘 때, 연의 형태, 지배소, 주제를 통하여 정리할 수 있다.

셋째, 마찬가지로 경계는 작가 자신이 창작 기법이나 소재, 제재 등을 인용 혹은 패러디했음을 밝혀야 어느 정도 허용된다. 그 허용 정도란 창작 의도를 지배하는 것이 아니라 자신의 창작 의도에 부합해야 한다. 모름지기 작가들은 항상 창작 정신의 고갈이냐 새로운 창작 기법의 연장이냐를 고민해야만 한다. 그 고민의 끝에서 보여 준 작품은 분명 좋은 작품으로 남을 것이다.

참고문헌

김춘수(2003), 『시의 이해와 작법』(개정판), 자유지성사.
박종석(2001), 『한국 현대시의 탐색』, 역락.
박철화(2002), 『우리 문학에 대한 질문』, 생각의 나무.
이경철(1997 가을호), 「가버린 순수 시인과 순수성의 확보」, ≪문예중앙≫.
이명원(2003), 「기교와 절망의 음화－표절 / 패스티쉬 논쟁의 이면」, 『파문』, 새움.
이상섭(2003), 『문학연구방법론』, 탐구당.
조동일(2005), 『한국문학통사』(제4판), 지식산업사.
최동호 편역(1985), 『시의 해석』, 새문사.

모방과 표절 시비

1. 모방과 표절의 욕망

　최근 일련의 문화 현상을 점검해 보면, 몇 가지 점에서 눈에 띄는 현상이 있다. 그 가운데 이미 알려진 작품을 모방 혹은 표절하는 작품들이 많아졌다는 사실이다. 그래서 오늘날 문화 현상을 <모방·표절의 혼돈 시대>라고 부르는 이유이다.

　세계적인 인상파 화가 고흐 작품을 모방하여 상업적으로 거래한 사실은 널리 알려져 있다. 고미술품을 교묘하게 모방하여 상업적 거래가 이루어지기도 하고, 한 나라의 문화적 위상을 가늠하는 국립 중앙 박물관에 표절작이 소장되어 문제가 된 우리나라의 경우도 모방과 표절 문제에서 예외가 아니다. 요즈음 소위 신세대 인기 가요 그룹 DJ DOC의 노래 「한 잎의 여자」가 이형기 시인의 「한 잎의 여자」의 시를 그대로 표절하여 사회의 물의를 일으키고 있다. 또 정일근 시인은 1980년대 대중 인기 가수인 조용필 씨가 불렀던 「바람이 전하는 말」(1980년 제8집 <허공>에 수록)의 가사가 마종기 시인의 「바람의 말」(『안 보이는 사랑의 나라』, 문학과지성사, 1980)을 표절했다고 밝혔다. 그리고 미국의 팝 가수 마이클 잭슨의 「WILL YOU BE THERE」가 이탈리아 작곡가 알바노의 곡 「발라카의 백조」를 표절했다고 전해지기도 한다.

작곡가 헨델은 기존의 멜로디를 표절하여 좋은 오페라를 많이 남겼다. 그러나 헨델의 오페라는 그의 음악 세계에 대한 찬사와 달리 창작 태도에서 보인 표절에 대한 양심적 문제는 관객 입장에서 볼 때, 개운치 않는 것이 사실이다. 문학도 모방·표절 문제에서 벗어나 있지 못한 현실이다. 그래서 몇몇 평자들은 작가와 작품을 구체적으로 거론하면서 모방·표절의 근원을 추적·발표하여 문단과 사회의 문제가 되었다. 어쨌든 이와 같은 예들은 모방 혹은 표절이 예술가들의 근원적 욕망임을 반증하는 것이다.

『三國遺事』에는 「興德王과 앵무새」의 설화가 있다. 내용인즉, 흥덕왕이 왕위에 오른 뒤 당나라에 갔던 사신이 앵무새 한 쌍을 가져왔다. 그런데 앵무새 한 쌍 가운데 암놈이 먼저 죽었다. 이 때문에 수놈이 슬퍼하기에 흥덕왕은 거울을 수놈 앞에 걸어 놓았더니, 제 짝인 줄 알고 울음을 그쳤다. 그러나 얼마 뒤 거울에 비친 모습이 자신의 그림자인 줄 안 수놈은 슬퍼서 죽었다.

흥덕왕은 모방의 지혜를 발휘했다. 수놈의 슬픔을 달래기 위해서 수놈 앞에 거울을 걸었던 것이다. 흥덕왕의 모방 방법은 거울을 통한 수놈의 모방이 아니라 암놈의 모방이었다. 그리하여 수놈의 슬픔과 죽음을 구하는 것이 목적이었다(아마도 앵무새 쌍을 곁에 두고, 이들을 감상하고 즐거움을 갖기 위한 것이 궁극적인 목적이 아닐까?). 이는 모방의 방법과 목적의 중요성을 생각하게 한다.

　『白雲小說』에는 고려 시대의 명문장가인 정지상과 김부식에 대한 일화가 실려 있다.

世傳知常有 琳宮梵語罷 天色淨琉璃 欲作己詩 終不許.

　이 일화는 정지상이 산사의 고요함을 <琳宮梵語罷 天色淨琉璃>로 표현한 것을 김부식이 감탄하여 자기 것으로 만들려고[欲作己詩] 했지만 정지상이 이를 허락하지 않았다는 내용이다. 또『於于野譚』에는 서익(徐益)이 구상한 시를 고경명(高敬命)이 중(僧)을 통해 미리 전해 듣고, 고경명이 시를 표절하게 되자 친구지간인 서익이 발길을 돌렸다는 일화가 있다. 이 같은 일화는 우리들에게 작가의 표절 욕망을 보여 준다는 점에서 관심을 끈다. 또한 좋은 시문을 마치 자기 작품인 것처럼 표절하려는 이 일화를 통해 작가의 양심이 무엇인지를 생각하게 한다.

　고려 시대 대표적 시화비평집인 이인로의『破閑集』과 이규보의『東國李相國集』에 나타난 창작 방법론으로 용사(用事)와 신의(新意) 논쟁은 알려진 일이다. 용사를 주장한 이인로는 표절의 욕망을 재현한 작가라 할 수 있다. 최자가『補閑集』에서 신의로 높이 평가한 이규보도 이인로 못지않게 용사했음을 볼 때, 이규보도 역시 표절의 욕망을 재현한 작가라 할 수 있다. 또한 조선 시대 비평집인 서거정의『東人詩話』에는 많은 부분이 용사에 할애되어 있다. 일찍이 용사를 주장한 중국의 황산곡도 역시 모방과 표절의 정당성을 창작 방법론으로 옹호하였다.

　모방에 대한 본능은 플라톤의『共和國』에서 말한 시인추방론의 부정적 견해와 아리스토텔레스의 『詩學』에서 모방 본능의 의미를 유추해 보더라도 인간은 ≪모방본능설≫이라는 테두리를 벗어날 수는 없을 것이다. 이는 고대뿐만 아니라 현대에 이르러 르네 지라르의 ≪욕망의 삼각형≫에서도 매개체를 통한 모방의 욕망을 엿볼 수 있다.

특정 작품의 소재와 수법을 모방하거나 작가의 특징적인 스타일의 모방을 서구문학론에서는 포스트모더니즘의 한 징후인 패러디(parody)라 하여 긍적적인 측면과 부정적 견해를 동시에 지적하고 있다. 특히 무조건적인 모방을 패스티쉬(pastiche)라 하여 문학의 한 병폐로 보고 있다. 이러한 견해는 한시에서도 언급되어져 남의 좋은 작품을 모방하는 부정적인 태도에 대해 이인로는 <점귀부>(點鬼簿)라 하고, 이와 반대로 잘된 시문을 이제현은 <점화>(點化)라 하였다. 그리고 조선 시대 연암은 세상에 서로 똑 같은 것을 <혹초>(酷肖)라 하고, 진짜에 가까운 것을 <핍진>(逼眞)이라 하였다. 이런 용어는 모방·표절의 문제가 예부터 있었음을 반증하는 것이다.

모방과 표절 문제는 동·서양을 막론하고 과거로부터 줄기차게 논의되어 왔다. 포스트모더니즘에서는 하늘 아래 새로울 것은 없기 때문에 모방과 표절은 끝없이 논의되어야 한다고 한다. 이런 논의를 패러디라 하는데, 이는 동양의 한시 비평론에서 용사에 해당하는 비평 용어이다. 그래서 이 두 접점을 현대시에서도 찾을 수 있다. 가령 1950년대 김춘수의 「꽃」을 1980년대에 오규원이 「'꽃'의 패러디」로, 장정일이 「라디오같이 사랑을 끄고 켤 수 있다면—김춘수의 꽃을 변주하여」로 작품을 발표하였다. 이후 1990년대에 장경린이 「김춘수의 꽃」을, 최상호의 「'김춘수'의 꽃을 가르치며」로 발표하였다. 이는 오늘날 널리 알려진 시를 원전으로 하여 작가의 의도를 드러내는 데 필요한 지배소(支配素)만을 치환하는 형식, 이는 바로 한시에서 말하는 용사론 가운데 환골법(換骨法)의 경우이다. 즉 김춘수의 시에서 중요한 시어만을 바꾸는 환골법이다. 또한 이름난 원전에 대한 시상을 빌려와 작가가 의도한 바를 주제화시키는, 환골법과 대를 이루는 용사론 가운데 탈태법(奪胎法)의 시작 원리가 있다. 가령 1940년대 박목월의 「산이 날 에워싸고」를 1970년대에 신경림이 「목계장터」로, 정희성은 「저 산이 날더러」의 작품으로 탈태한 경우이다. 이처럼 이미 널리 알려진 작품을 모방·표절하여 자신의 시세계를 찾는 것도 현대시에서 빈번히 일어나는 현상이다. 그래서 이를 포스트모더니즘의 한 징후로 이제 받아들이는 경향이다.

『白雲小說』에는 김부식의 시 쓰기에 대한 정지상의 충고 이야기가 앞 내용에 이어 소개되어 있다. 김부식이 봄을 읊은 시 <柳色千絲綠 桃花萬點紅>에 대해 정지상은 음귀(陰鬼)가 되어 김부식의 뺨을 치면서 <千絲萬點紅孰數之也 何不曰 柳色絲絲綠 桃花點點紅>이라 하여 표현의 진실성 혹은 사물의 관찰을 지적[孰數之也]하였다. 연암도 「孔雀館文稿－自序」에서 화공은 평소의 모습을 그대로 그려야 한다는 비유를 통해 표현의 진실성을 강조하였다. 어쨌든 김부식 이야기는 작가적 양심과 함께 표현의 진실성, 사물의 예리한 관찰이 시 창작에 있어 중요하다는 암시를 하고 있다.

박상배는 모방과 표절에 대해 양심선언을 했고, 그 표절의 스펙트럼을 통해서 새로운 장르의 모색이라는 마찰 운동을 하고 있는 시인이다. 그래서 필자는 그의 시를 읽고자 한다. 이는 박상배 시의 모방과 표절의 방법1)과 목적을 밝히는 것이다. 아울러 대개의 평자들이 현대시를 서구문예이론으로만 접근하는 경향과 달리 필자는 고전한 시론의 방법론으로 접근을 꾀할 것이다. 이는 동·서양의 시론에서 현대시 이해의 공통분모를 찾는 접목이기도 하다.

2. 모방과 표절, 그리고 탈태법의 스펙트럼

(1)

박상배는 표절을 하나의 창작 미학으로 규정한다. 심지어는 하나의 새로운 장르로까지 규정하려고 한다.

> 모방이냐 예술이냐를 두고 문단이 한창 시끌벅적하
> 오 (중략) 오늘 SBS 추석특집프로로 외
> 모·모창대회를 흥겹게 바라다보면서 내 늦게나마 대
> 오각성하여 손뼉을 탁탁 친다오 모창이 음악의 한 멋진
> 장르가 되듯이 표절·모방시도 예술이 될 만큼 잘만 운
> 용한다면야 참 훌륭한 한 상위장르가 되지 않을까 하오
>
> ―「풀잎頌·7」 중에서

박상배는 "SBS 추석특집프로로 외 / 모·모창대회를 흥겹게 바라다보면서" 모방과 표절을 즐거워하고 있다. 심지어 "대 / 오각성하여 손뼉을 탁탁 친다"고 하면서 표절의 욕망을 즐기고 있다. 그래서 그

---

1) 모방은 남의 작품을 전체 혹은 부분적으로 베끼는 것이다. 이에 비해 표절은 남의 작품을 베끼되 그 흔적을 숨기고 마치 자기의 작품인 것처럼 발표하는 것이다. 예술의 모방과 표절은 동전의 앞면과 뒷면의 형태이다. 동전의 화폐 가치는 같을지라도 그 모양의 앞과 뒤가 다른 점이 있다. 이처럼 모방과 표절은 등가성과 차이성을 보인다. 그러나 필자는 본 글에서 사전적 의미보다는 원전(source-text)의 시상을 빌려와 창작하는 박상배의 시작 태도를 한시의 탈태법으로 이해하고자 한다.

는 "표절·모방시도 예술이 될 만큼 잘만 운/용한다면야 참 훌륭한
한 상위장르"라는 미학으로까지 정립하려고 한다. 여기서 표절·모
방시가 잘 운용되려면 방법과 목적이 중요하다. 그래서 그의 시에 나
타난 <표절·모방시>의 방법과 목적을 읽을 필요가 있다. 물론 그
방법과 목적은 시인의 정신성에 근거한다. 시인의 주제 의식은 정신
성이다. 그래서 그의 시에 나타난 정신성이 무엇인지를 가늠하게 되
는 것이다.

우리 시대의 시인들은 현실의 물질문명과 정신적 불안을 극복하
기 위한 대안으로서 정신의 오솔길을 찾는다. 정신의 오솔길을 찾는
다면 그 입구에서 맞는 한 지점은 종교였다. 종교적 지점과 만난 시
작(詩作)은 만해로부터 윤동주와 기독교(「팔복(八福)」)에서, 김소월과 무가
(「초혼(招魂)」)에서, 그리고 현대시의 미당과 고은 등의 경우에서도 파
악된다.

박상배는 정신의 오솔길에서 원효의 「심(心)」을 만난다. 그가 만난
원효의 불심에 대한 표절은 원전을 그대로 베끼는 것이 아니라 원전
의 시상을 바탕으로 하는 탈태법이다.

> 마음 안에 마음을 쑤셔넣는다
> 마음은 그런 마음 안의 마음이다
> (중략)
> 마음 밖에 마음을 빼어놓는다
> 마음은 그럼 마음 밖의 마음이다
>
> —「戲詩·4—원효 日記」 중에서

이 시는 원효의 유학 도중에 깨달은 바를 적은 문장 '心生故種種法

生 / 心滅故龕墳不二 / 三界唯心萬法唯識 / 心外無法胡用別求'를 원전으로 하여 형상화한 작품이다. 이 시는 마음의 중요성을 원효의 원전에서 선택하여 자신의 정신세계에 투영한 것이다. 원효의 일대기 가운데 「심(心)」에 관한 이야기는 이미 널리 알려져 있기 때문에 박상배의 표절 스펙트럼에 적합한 것이다. 이런 시작 형태는 다산의 유배지에서 얻어진 일대기를 바탕으로 쓴 정일근의 「유배지에서 보내는 정약용의 편지」도 떠올릴 수 있다. 그런데 여기서 한 가지 주목할 사실은 박상배가 원효의 「심(心)」을 탈태하여 이를 환골한다는 점이다. 「안팎·2」에서 "의미 안에 의미를 쑤셔넣는다 / 의미는 그럼 의미 안의 의미이다 // …… // 의미 밖에 의미를 빼어놓고 / 의미 밖에 또 거듭 의미를 빼어놓으면 // 의미는 그럼 의미 밖의 의미 밖의 의미이다"라고 하여 탈태와 환골을 통해 스스로 모방과 표절을 한다는 점이다. 즉 「안팎·2」는 원효의 「심(心)」을 탈태한 「戱詩·4─원효 日記」를 환골한 형태이다. 또 그는 이 「안팎·2」를 「안팎·6」으로 탈태하였다. 즉 "부산 안의 사람들이 / 부산 밖의 사람들을 미워할 때 / 부산은 크지 않는 법"이라는 시작을 창작한 것이다. 그리고 「안팎·6」을 환골하여 "안산 안의 사람들이 / 안산 밖의 사람들을 미워할 때 / 안산은 크지 않는 법"이라는 「戱詩·2」에서도 탈태와 환골하는 동시적 기법을 보여 준다. 이는 자신의 작품이 다시 패러디의 대상이 될 수 있다는 셀프 패러디 현상이다. 그런데 이런 셀프 패러디(self-parody) 현상인 탈태법과 환골법을 통하여 박상배가 말하고자 한 잠언(箴言)은 무엇인가.

원효는 당 유학을 포기하고, 진속의 경계를 허무는 실천적 행동으로 불이(不二)의 세계를 보여 주었다. 원효의 실천적 행동은 바로 「심(心)」에 있음을 알 수 있다. 「戱詩·4─원효 日記」로부터 탈태한 「안팎·6」, 「戱詩·2」는 우리 생활권이 도시화되면서 경계가 생기고, 그

도시 경계는 단절을 가져왔기에 이를 해체하여 큰 사람들이 사는 세계를 만들고자 하는 시인의 의도가 깔린 시작이다. 부산과 안산의 경계를 무너뜨리는 것, 즉 일상사에서 일어나는 안팎의 의미를 허물어 버리고자 하는 목적이 뚜렷한 탈태법의 시적 표현이다. 어쩌면 한국 사회의 병폐인 지방색과 정치색의 경계를 허물고자 하는 의도가 깔린 것은 아닌지? 지방색과 정치색의 경계를 무너뜨리는 것이 역시 대중들의 마음에 있는 것이라면, 박상배가 대중 속에 파고 든 원효의 「심(心)」을 탈태한 또 하나의 목적일 것이다. 이는 바로 대중을 생각하는 대승적 삶의 자세를 보였던 원효의 가르침을 그가 잠언으로 빌린 것이라 할 수 있다. 원효의 원전과 박상배의 창작적 표절시가 "좋은 의미에서 서로 마찰을 일으켜 공존(박상배, 「표절의 미학」에서)"하는 세계를 보여 주는 것이다.

(2)

　박상배는 이방원과 정몽주를 만나 우리 시대, 우리의 모습을 비추고 있다. 그래서 그는 베끼기의 즐거움인 이문위희(以文爲戱)를 통하여 우리 생활의 잠언을 담는 이문위교(以文爲敎)의 시작을 만들어 낸다.

　　우리는 늙었거니
　　서서 간들
　　어떠리
　　곧 누워
　　편히 쉴 우리이기에

한창 일하는
젊은이들
앉아 간들 어떠리
공부할
책가방 듬뿍 들고
어깨 무거운
소녀 소년들
앉아 간들 어떠리
청춘남녀
어젯밤
데이트하고
힘없이 서 있겠는가
앉아서 뽀뽀
하도록 두고서
우리는 이제
늙었거니
서서 간들 어떠리
서 있을
날도
얼마나 남았다고

　　－이 텍스트는 전철 속에 붙어 있는 표어 〈우리는 젊었거니 서서 간들 어떠
리〉를 읽고 단숨에 쓴 것임. 5분 내에.

－「어떠리」

　　박상배는 "전철 속에 붙어 있는 표어 <우리는 젊었거니 서서 간
들 어떠리>를 읽고 단숨에 쓴 것임. 5분 내에."라고 이 시작의 모티
브를 밝히고 있다. 「어느 두 기사님의 결론」이라는 시에서도 "시내버
스 기사석 옆 표어에서 그대로 인용했"다고 밝히고 있다. 이는 작가

적 양심으로 자신의 창작 방법론을 당당히 표절 미학으로 밝힌 것이다. 이 시대의 작가적 양심은 소멸된 지 오래다. 그래서 오늘날 우리들은 작가적 양심을 부르짖는 것이다. 이런 현실 상황 속에서 박상배를 들여다 볼 수 있는 이유는 바로 그의 작가적 양심 때문이다.

「어떠리」는 통해 권력을 잡기 위한 권력 화해적인 의미로 쓴 이방원의 「何如歌」를 바탕으로 한다. 정몽주의 「丹心歌」, 이방원의 「何如歌」와 「어떠리」는 상호 텍스트성의 성격을 가지고 있기 때문에, 이 세 작품의 이해를 바탕으로 해석되어야 할 것이다. 권력에 대한 상징적 행위를 보인 이방원과 정몽주를 박상배가 만난 이유는 무엇인가. 우선 「어떠리」는 우리 시대의 화해될 수 없는 세대 간의 갈등과 그러한 갈등이 내재한 오늘날 사회의 풍조를 비판함으로써 시대 화해적인 의미의 「何如歌」와 대비되는 시적 성취를 이룬다. 또한 임금에 대한 충성이 어떤 부귀와 권력이 주어진다 할지라도 인류의 불변함을 노래한 「丹心歌」를 통해서 시대의 변화에도 지켜져야 할 인간의 도리가 있음을 박상배는 「어떠리」를 통해 노래하고 있다. 이방원의 「何如歌」는 권력의 욕망을 위해 화해적인 차원에서 "이런들 저런들 어떠리"라고 한 것처럼, "젊은이가 앉은들 늙은이가 앉은들" 무슨 문제인가라고 박상배도 말하는 것일까? 그래서 청춘 남녀가 데이트하는 것과 뽀뽀하도록 전철의 자리를 비켜준들 어떠리라는 것일까? 어쨌든 목적지가 정해져 있기에 아무렇게나 전철을 타기만 하면 될 것이 아닌가. 박상배 시의 의도는 늙은이로서 젊은이에게 자리를 양보하는 것이 사회의 갈등 화해와 평화로움을 가져온다는 의미는 아닐 것이다.

전철은 오늘날 우리들의 생활 풍속도다. 현대화의 속성을 가진 집적물이라 할 전철이 가지는 속도감과 내면 풍경은 오늘날 우리들의 초상을 예각적으로 보여 준다. 이런 속도감과 내면 풍경을 <단숨에 / 5분

내에> 형상화한 작품이 「어떠리」이다. 전철은 찌들고 복잡한 "삶의 일상성이 작품에 투영될 수 있는 귀중한 토대"(「표절의 미학」에서)가 된다. 전철의 좌석에는 인륜이라는 저울이 한쪽으로만 기울어질 수 있는 경박성이 도사린 공간이다. 그래서 「어떠리」의 시는 오늘날 우리 시대의 찌든 삶에서 안락함의 상징인 전철의 의자와 개인주의를 갈구하는 시대상을 한 눈에 보여 준다. 늙은이와 젊은이는 우리들의 초상화이다. 이 초상화는 일그러진 우리들의 모습이다. 그래서 박상배는 전철의 내면 풍경을 통하여 우리들의 일상생활의 풍속도를 그리면서 시대의 도덕성을 연관시켜 형상화하였다. 더구나 산업 사회의 개인주의가 팽배하고, 평등주의가 대두된 사회가 되면서 세대 간의 지켜야 할 인륜은 점점 사라져간다. 그래서 늙은이와 젊은이로 상징되는 오늘날 사회 구조에서는 인륜이 더 중시되어야 함을 「어떠리」는 역설하고 있는 것이다. 이는 박상배가 「何如歌」와 「丹心歌」에서 임금과 신하라는 상하 질서의 개념을 오늘날에 신·구세대의 장유유서(長幼有序)라는 인륜 개념으로 치환하여 「어떠리」로 표현한 것이다.

오늘날 도시화가 집중된 전철을 통해서 우리 시대의 안락함의 욕망을 「어떠리」에서 들추어 보여 주듯이, 「1번지」에서도 우리 시대의 상업적 욕망을 그는 비추고 있다. "어제도 오신 손님/ 오늘도 오셨네 // 내일도 오시면 / 얼마나 좋을까"는 '부산대 앞 어느 스낵코너의 광고문을 그대로 인용'하여 상업적 욕망인 "모레도 또 오신다면"을 덧붙여 작품으로 만들었다. 이와 같이 박상배의 시작 과정이 진지하지 못하다고 하여 그의 시작에 대한 경박성이 문제가 되기도 한다. 그러나 그는 이런 경박성에만 빠져 있는 것은 아니다. 왜냐하면 그는 현대시의 주류를 형성한 윤동주(「마흔 다섯 개의 별과 하늘과 바람」)·김수영(「詩야 침을 뱉지 말아라－故金洙映님께」)과 전봉건(「안팎·4－全鳳健님의

『속의 바다』에 붙여」)·김춘수(「水夫−金春洙님께」)·서정주 등의 시를 모색하여 자신의 모습을 찾는 표절의 스펙트럼을 분사하기 때문이다.

3)

박상배가 만난 서정주는 적어도 "어느 불량한 삼류 시인의 존재론적 고뇌"를 보여주는 시인이 아니다. 왜냐하면 서정주는 이미 한국 시사에서 '서정주 미학'을 가진 시인이기 때문이다. 그래서 그의 서정주에 대한 시 쓰기는 무분별한 베끼기의 경박성이 아니다. 즉 "바르게 앉아 있는"(「座法」에서) 서정주의 자태를 그는 "좀 비틀게 앉아 있는" 자신의 모습으로 그려내고자 한 것이다.

> 내 누님 같이 생긴 꽃아 너는 어디로 훨훨 나돌아 다
> 니다가 지금 되돌아와서 수줍게 수줍게 웃고 있느냐 새
> 벽닭이 울 때마다 보고 싶었다 꽃아 순아 내 고등학교
> 시절 널 읽고 천만번을 미쳐 밤낮없이 널 외우고 불렀
> 거늘 …… 오공과 육공 사이에서 민주와 비민주
> 보통과 비보통 사이에서 잘도 빠져 나가고 있단다 그럼
> 또 만나자 꽃나비꽃아
>
> −「戲詩·3」 중에서

이 시는 인구에 회자되는 서정주의 「국화 옆에서」의 시상을 바탕으로 적었다. 그리고 그의 시제였던 「꽃나비꽃」을 탈태했고, 「꽃나비꽃」 가운데 "꽃에게로 가서/ 그녀의 나비가/ 되고 싶다"는 시의 표현은 김춘수의 「꽃」을 환골한 경우이다. 「戲詩·3」에서 박상배가 「국화

옆에서」의 시상을 빌려와 시작한 이유는 "블룸의 이론을 구태여 끌어 들이대지 않더라도 후배는 어차피 선배들의 영향권 내에 있고, 좋게 말해서 그들의 텍스트와 공방전을 벌일 수밖에 달리 도리가 없다"는 입장이다. 그의 시 쓰기 방법이 선배들의 좋은 작품에서 시상을 빌려와 주제를 형상화시키는 탈태법의 미학을 보여 준다는 것을 알 수 있다. 두루 아는 바와 같이 엘리어트가 "그(시인)에게 바람직하다고, 실감되는 선대 창작의 주제와 방법"을 찾고자 했다는 점을 상기해 볼 필요성이 있다. 이와 같은 박상배의 창작방법론은 "바르게 앉아 있는" 서정주의 불교주의와 성숙주의를 벗어나 "좀 비틀게 앉아 있는" 시인 나름의 계산법이 깔린 것이다. 그래서 위의 시는 서정주의 불교주의와 인간의 성숙주의가 보여 준 예술성과 달리 정치적인 풍자성을 깔고 있다는 점을 주목해야 한다. 즉 "천만번을 미쳐 밤낮 없이 널 외우고 불렀/ 거늘 …… 오공과 육공 사이에서 민주와 비민주/ 보통과 비보통"은 「국화 옆에서」의 원전을 탈태하여 시대 의식을 보여 준다는 것이다. 1980년대의 오공 시절, 민주와 비민주의 이데올로기는 우리들이 "천만번을 미쳐 밤낮 없이 널(민주) 외우고 불렀던" 시대였다. 주지하다시피 육공 시절엔 '보통'과 '비보통' 사이에서 우리들이 혼란스러움을 가졌던 시대였다. 서정주 시를 줄기차게 외웠던 시인의 열망을, 1980년대의 시대 상황에 초점을 맞춘다면, 우리들이 갈망했던 '민주'와 '보통'의 시대를 환치시키는 그의 시작은 단순히 서정주 시의 표절에만 머문 것이 아님을 알 수 있다. 미치도록 밤낮으로 보고 싶었던 우리들의 '꽃'과 '순이'는 바로 '민주'와 '보통'의 의미로 전이시켜 우리 시대의 열망으로 환치되었음을 알 수 있다. 그래서 박상배의 시가 상업적이고, 도시적 경박성에만 머무는 것이 아니라 시인이 가지는 시대의 투철한 의식망을 가지고 있다는 점에서

그의 표절 미학이 점화되었다고 볼 수 있는 것이다. 표절 미학의 점
화는 시인의 시어에 대한 실험성도 간과되어서는 안 된다. 그래서 그
의 시어에 대한 검색도 아울러 이루어져야 한다.

4)

　30년대 이상, 50년대의 조향, 60년대의 송욱과 80년대의 박남철의
시에서 확인할 수 있는 시어의 실험성에 대한 고뇌를 박상배는 보여
주고 있다. 그래서 그의 시가 갖는 언어의 고유성에 대한 실험성이
어떤 지점에서 탈태되었는지를 들여다 볼 필요성이 있는 것이다. 특
히 자음과 모음의 논리 위에서 시를 구축한 시인의 고뇌를 탐색하는
것은 한국어가 시어로 승화된 지점을 발견하는 것과 같을 것이다.
　이상은 시에서 띄어쓰기를 무시하는 기법을 한국시사에서 보였
고, 송욱은 'ㅁ'과 'ㅂ'의 음운을 통한 시작의 모습을 보여 주었다. 이
들처럼 박상배도 띄어쓰기 무시와 음운으로부터 실험성을 시도한다.
"ㄱ이 거꾸로앉아ㄴ을낳고"로 시작되는 「자음頌」에서 음운의 탐색과
띄어쓰기를 무시한 탈태법을 보인다. 이상 시의 띄어쓰기는 이미 현
대시 기법의 한 형태로 굳어져 있다. 그래서 한국시사에서 주목되는
탈태 양식의 기법이다. 이상과 송욱 시에 나타난 시어의 예민함이 박
상배 시에서는 표절의 빛깔로 묻어난다.

　　ㅁ은 그대로함구무언
　　ㅂ은 입살에보살

−「자음頌」 중에서

    자음의 제자 원리에 따르면 'ㅁ'과 'ㅂ'은 다 같이 순음이다. 순음은 입술과 관련되기 때문에 입과 관련된 일상적인 담화를 자연스럽게 끌어들일 수 있다. 그래서 그는 'ㅁ'의 네 구석이 갇혀 있다는 뜻에서 함부로 말하기보다는 함구무언해야 된다는 잠언(箴言)을 담았다. 또한 'ㅂ'과 관련하여 "입살에 보살"이라는 뜻은 세속사의 입조심이라는 경구의 뜻을 담았다. 이는 세상사에서 회자되는 '세 치의 혀를 조심하라', '말이 씨가 된다', '농담이 진담된다(弄假成眞)'는 잠언과도 같은 것이다. 박상배의 시가 한국어의 음운으로부터 얻은 시상을 빌려 탈태했다는 점에서 시어의 실험성을 엿볼 수 있다. 그래서 그의 표절시는 대중과 상업적으로 영합하여 양산된 키취(kitsch)가 아니다. 그는 나름대로 시 쓰기의 진지함을 가진 시인이다.

> 시를 쓰려면 반짝하지 말아야 한다 반짝했다가는
> 그야말로 밤하늘의 스타가 될지언정, 어느 가수의 인생처
> 럼 밤무대의 王이 될지언정, 시의 스타는 정녕 되
> 지 못한다 똥별이 된다
> 시를 쓰려면 높이 뜨지 말고 낮게 포복할진저 이등병
> 처럼
>
> —「이등병처럼」 중에서

    "시를 쓰려면 반짝하지 말아야 한다"고 박상배는 스스로를 경계하고 있다. 물론 이 시는 박상배가 스스로의 시 쓰기에 관한 시라고 명명한 메타시(metapoem)의 한 전형이다. 모방의 한 방법론인 르네 지라르의 《욕망의 삼각형》을 염두에 둔다면, 시인의 이상향인 '시의 스타(詩神)', 이상향에 도달하기 위한 매개자인 '이등병', 현실은 반짝 시

를 쓰는 '시인' 자신으로 비유될 수 있다. 오늘날 시인들의 시 쓰기는 반짝반짝할 뿐 시신을 꿈꾸지는 않는다. 그래서 박상배 스스로도 이런 현실적인 시 쓰기에 함몰되어 있지 않는가라는 자기 반성적인 태도를 가진 것이다. 유행에 젖어 "밤무대의 王"처럼 잠시 조명을 받는 시를 쓰는 시인들에게 박상배는 경고하는 것이기도 하다. 그래서 시 창작의 진지함을 그는 '이등병'의 포복으로 비유한다. 장애물을 무사하게 통과할 수 있는 방법은 낮은 포복이다. 그는 이등병의 낮은 포복을 알기 때문에 반짝하는 시 쓰기를 하지 않는다. 이는 그의 표절 미학의 주장이 단순한 표절이 아니라는 역설이 담겨 있다는 뜻이다. 그래서 그는 이등병처럼 언어의 처음인 음운으로부터 진지한 언어 탐색을 시작한 것이다.

3. 시 쓰기와 시론 쓰기의 모색

다산의 시는 백성의 아픔을 바탕으로 시대 비판성을 담고 있다. 백성의 굶주림을 노래한 「飢民詩」, 「田間紀事」 등은 알려진 작품이다. 특히 백성들의 생활 모습과 권력의 대립적 형태를 두보의 세 작품 「三吏」에서 시상을 빌려 묘사한 「龍山吏」, 「派池吏」, 「海南吏」는 유명한 시이다. 다산은 중국 한시에서 탈태하여 우리 한시를 남겼다. 송욱은 중국 한시에서 시상을 빌려 현대시를 창작했다. 송욱은 이백의 한시에서 시상을 직접 빌려와 현대시로 탈태하는 시작법을 가진 시인이다. 가령 이백의 「望廬山瀑布」와 송욱의 「瀑布—李太白을 위하여」가 그 대표적이다. 그런데 박상배는 다산처럼 두보에서, 송욱처럼 이백에서 시상을 빌리지 않았다. 그의 표절과 모방시론은 우리 시에 근거를 두고 있다. 그 대상이 원효·이방원과 정몽주·서정주 등인 점을 비교해 보면, 시작의 원전이 우리나라의 유명한 일화를 바탕으로 하면서 우리 문학을 원전으로 한다는 것을 알 수 있다. 이런 탈태법이 "예술이 될 만큼 잘만 운용한다면야 참 훌륭한 한 상위 장르가 되지 않을까" 하는 시도이기도 하다. 그는 "예술의 정당한/ 자기 개척(「풀잎頌·1」에서)"을 위해, "시가 보다 다양/ 화되(「풀잎頌·6」에서)"기 위해 원전을 창작적으로 탈태한다. 그 탈태를 점화하여 그는 잠언시(箴言詩)를 보여 준다. 그래서 표절의 스펙트럼을 통한 탈태법의 잠언시는 그가 주장하는 한 장르가 될 수 있는 것이다.

일상생활에서 경계해야 할 삶의 표현, 즉 잠언 같은 시는 문학이 사회에 끼칠 수 있는 영향력이라는 면에서 그의 탈태법의 잠언시는 의미가 있다. 그렇기 때문에 박상배의 시는 "모창이 음악의 한 멋진 장르가 되듯이 표절·모방시도 예술이 될 만큼 잘만 운용한다면야 참 훌륭한 한 상위 장르가 되지 않을까"라는 문학적 의미를 지닌 그의 미학을 곰곰이 생각해 볼 수 있다. 이는 장르 경계의 해체라기보다는 장르 선택의 가능성과 다양성을 현대시에서 고전시학으로 접근할 수 있는 증거인 것이다.

끝으로, 오늘날 작가들이 자기의 목적에 맞는 구상을 창의적으로 표현하기보다는 무분별한 표절을 통한 우월주의로 빠져들고 있는 경향이 짙다. 이 때문에 원전을 표절·모방하는 방법과 목적을 왜곡하는 3류 작가의 집단이 형성되고 있다는 비판도 만만찮다. 그래서 작가란 표절 천국의 시민권을 가진 것처럼 비판받기도 한다. 그렇기 때문에 박상배는 자신의 표절·모방시가 하나의 상위 장르가 되기 위해서는 원전을 창작하는 것(바르게 앉아 있는 것)과 원전을 파괴하는 동시에 적확하게 탈태(좀 비틀게 앉아 있는 것)하는 욕망(시창작)을 '잘 운용'해야 할 것이다. 물론 이 두 가지 일이 모두 시인의 몫임을 그도 알고 있으리라…….

참고문헌

마종기(1980), 『안 보이는 사랑의 나라』, 문학과지성사.
박상배(1991), 「표절의 미학」, 『현대시사상』(3권).
유재영(1979), 『백운소설연구』, 이회.
유몽인/ 시귀선·이월령 역(1996), 『어우야담』, 한국문화사.
장덕순 외(1986), 『이규보 연구』, 새문사.
이인로/ 유재영 역(1994), 『파한집』, 일지사.

용사와 패러디

1. 창작이냐 모방이냐

현대시가 길을 잃고 있는 느낌은 지울 수 없다. 더구나 현대사회가 산업화되면서 점차 정보화, 디지털화되면서 이런 현상은 더욱 짙어진다.[1] 이런 틈바구니에서 진정한 창작은 점차 소멸되고 있다. 그리고 작가의 진정한 창작 정신이 소멸된 지도 오래된 이야기다. 최근 일련의 작품을 보면 한 시대에 주목된 작품을 대상으로 새롭게 모방하여 창조적 모방이라는 창작 방법을 동원하고 있다. 그래서 이를 두고 창작 정신의 고갈이니, 새로운 창작이니 하는 식으로 논쟁이 벌어졌다.[2] 이와 같은 창작의 방법에 대한 모색과 이해가 필요하다. 그

---

1) 빌렘 플루셔(윤종석 옮김), 『디지털 시대의 글쓰기 – 글쓰기의 미래는 있는가』, 문예출판사, 1998 참고.

모색과 이해의 열쇠가 바로 패러디(parody)이다. 이는 주목된 작품을 대상으로 새롭게 모방하여 창조적 모방이라는 창작 방법을 말한다. 그래서 패러디는 현대시를 점검하는 중요한 비평 용어이다. 이런 패러디가 과연 창작 기법이라는 측면에서 의미가 있는가?

일찍이 이인로는 『破閑集』에서 좋은 시문을 지나치게 인용하는 행위를 부착지흔(斧鑿之痕)이라 하여 점귀부(點鬼簿)로 비판하였다.3) 이규보도 『東國李相國集』에서 재귀영거체(載鬼盈車體)4)라 하여 부정적인 견해를 드러내고 있다.5)

- 詩有九不宜體 : 載鬼盈車體(한 편의 시 속에 옛 사람의 이름을 많이 사용하는 것),
- 拙盜易擒體(옛 사람의 뜻을 몰래 가져다 쓰는 것은, 도둑질을 잘한다고 해도 오히려 도둑질하는 것이 옳지 않은데, 여기다 또 잘못을 저질렀음),
- 挽弩不勝體(强韻으로 押韻을 하되 근거가 없음),
- 飮酒過量體(재주는 헤아리지 않고 지나치게 압운함),
- 設坑導盲體(險僻한 글자를 쓰기를 좋아하여 사람으로 하여금 迷

---

2) 이는 표절 시비까지 야기한다. 그래서 '문인들 사이의 껄끄러운 화제인 <剽竊>을 작가 실명까지 대며 거론'하는 지경에 이르렀다(≪동아일보≫, 1997. 5. 29).
3) 이인로/ 柳在泳 역, 『破閑集』, 일지사, 1994.
- 斧鑿之痕 : 도끼나 글로 다듬은 흔적. 전의되어 시문이나 서화를 만드는 데 자연스럽지 않고 添削의 흔적이 있음을 말함(『破閑集』 卷中(五), 103쪽).
- 點鬼簿 : 죽은 사람의 이름을 적은 책, 전의되어 시문 속에 고인의 이름을 넣는 병폐를 말함(『破閑集』 卷下(四), 174쪽).
4) 이규보는 『白雲小說』(東國李相國集附)에서 시에 마땅하지 못한 시체를 9가지로 나누었다.
5) 변종현, 『고려조한시연구』, 태학사, 1994, 293쪽.

惑되기 쉬운 것),

- 强人從己體(말이 순하지 않으면서도 다른 사람에게 이걸 쓰도록 강요하는 것),
- 村夫會談體(일상용어를 많이 쓰는 것), 凌犯尊貴體(공자와 맹자와 같은 성인의 이름을 범하기를 좋아하는 것),
- 稂莠滿田 體(글이 거칠고 다듬어지지 않은 것) 등으로 나누었다.

비록 이규보가 개인적으로 생각해서 체득했다(是余之所深思而自得之者也)고는 하지만 깊이 관심을 기울일 만하다.

—홍만종·허권수·윤호진 역주, 「백운소설」(『시화총림』, 까치, 1993, 53쪽 참조)

이처럼 모방에 대한 논란은 오늘날의 문제만이 아니었음을 알 수 있다. 이런 문제에 대한 논의는 오늘날 포스트모더니즘(post-modernism)이라 하여 논란거리가 되었다. 그래서 포스트모더니즘의 한 징후인 패러디를 연구하여 그 가치에 대한 논의가 상당히 진척되었다. 가령 권택영의 「패러디, 패스티쉬, 그리고 독창성」(『다문화 시대의 글쓰기』, 1997), 김준오 편의 『한국현대시와 패러디』(현대미학사, 1996), 송경빈의 『한국현대소설의 패러디 연구』(충남대학교 대학원 박사학위, 1996), 장경렬의 「작가의 죽음과 독자의 탄생—모방, 글쓰기, 글읽기, 그리고 보르헤스」(『문학의 새로운 이해』, 문학과지성사, 1998), 정끝별의 『패러디 시학』(문학세계사, 1997), 정효일의 『한시문학비평론』(집문당, 1994) 등이고, 외국 이론서의 경우는 린다 허천(김상구·윤여복 옮김)의 『패러디 이론』(문예출판사, 1993), 퍼트리샤 워(김상구 역)의 『메타픽션』(열음사, 1989)을 들 수 있다. 물론 이에 대한 작품들도 많이 쏟아져 나왔다.6) 작품들을 일별해 보면 다음과 같다.

ㄱ) 소설 작품에서 찾아보면 다음과 같다.

- 김만중, 『구운몽』 // 최인훈, 『구운몽』
- 박태원, 『소설가 구보씨의 일일』 // 최인훈, 『소설가 구보씨의 일일』 // 최인석, 『소설가 구보씨의 하루』
- 박지원, 『허생전』 // 이광수, 『허생전』 // 채만식, 『허생전』 // 이남희, 『허생의 처』 // 최시한, 『허생전 배우는 시간』
- 이상, 『날개』 // 신이현, 『숨어 있기 좋은 방』
- 이해조, 『자유종』(창비교양문고, 1996) // 김수경, 『자유종』(열음사, 1990).
- 이청준, 『놀부는 선생이 많다』(열림원, 1996).
- 윤영수, 『자린고비의 죽음을 애도함』(창작과비평사, 1998) 등이다.

ㄴ) 시 작품에서 찾아보면 다음과 같다

- 삼국유사, 「처용랑 망해사조」 // 김춘수, 「잠자는 처용」, 「처용」, 「처용삼장」 // 「처용단장」, 『전집(3)』(문장, 1983) // 『박재삼 시선』(민음사, 1990).
- 황동규, 「견딜 수 없이 가벼운 존재들」 // 밀란 쿤데라, 「참을 수 없는 존재의 가벼움」 // 원효 설화.

---

6) 소설에 대한 패러디의 의미를 린다 허천(김상구·윤여복 공역, 『패러디 이론』, 문예출판사, 1993, 202쪽)의 논의를 참고하면 다음과 같다.
"작가 자신의 담론에 의해 만들어진 작품 속의 하나의 기교로서의 낯설게 하기는 소설의 흐름에서 볼 때 전통 소설 속에서의 기법과는 달리 고정된 소설의 틀을 해체한다든지, 어떤 한 기법에 대해 그것과는 상반되는 기법을 병치한다든지, 또는 소설을 환상적으로 구성했다가 다시 파괴하여 작가가 의도하는 작품 속의 긴장 또는 상충의 효과를 동시에 최대한 증폭시키는 메타소설류에서 흔히 발견되고 있다."

이러한 작품들 가운데 눈에 띄는 것은 제목부터 내용의 유사성을 볼 수 있다. 이런 점 때문에 독자들은 작가들이 잠꼬대나 한다는 비아냥거림을 받을 수 있다. 창작 고갈이라는 비난에도 불구하고 작가의 새로운 창작 정신이라는 관점을 취하가도 한다. 작가들의 창조 정신이 때로는 독자들에게는 잠꼬대라는 소리로 들리기도 한다. 또한 작가 정신이 고갈된 상태가 오히려 독자들에게 작가 자신들의 작품을 이해하기 바라는 권력남용까지 하는 것이 아닌가라는 의구심마저 든다. 그리하여 독자들은 점점 시를 외면하게 되고, 이러한 외면에 대하여 시인들은 <독자놈들 길들이기>를 강요한다. "내 詩에 대하여 의아해 하는 구시대의 독자 놈들에게 → 차렷, 열중쉬엇, 차렷,"[7]이라 하여 독자들에게 저자의 보복적인 태도까지 보이고 있다.

이와 같은 논의는 작가의 창조적 정신이냐 고갈된 정신세계의 극단인 모방이냐라는 문제를 짚고자 한다. 이 문제는 고래로부터 현재에 이르기까지 끊임없이 제기된 문제인 만큼 고려해 볼 만하다고 판단된다. 따라서 고래로부터 현재까지 이 문제와 관련된 고전시론의 한 방법인 용사(用事)와 현대시 이해의 핵이라 할 수 있는 패러디에 대한 검토 작업을 해 볼 필요성이 있는 것이다. 문학 작품의 새 기법은 작가 정신 혹은 작품의 주제를 찾는 중요한 도구인 만큼 이 도구에 대한 검토 작업과 동시에 실천 비평을 통한 방법론은 계속적으로

---

7) 내 詩에 대하여 의아해 하는 구시대의 독자 놈들에게 → 차렷, 열중쉬엇, 차렷, // 이 좆만한 놈들이…… / 차렷, 열중쉬엇, 차렷, 열중쉬엇, 정신차렷, 차렷, 00, 차렷, 헤쳐모옛! // 이 좆만한 놈들이…… / 헤쳐모옛, // (야 이 좆만한 놈들아, 느네들 정말 그 따위들로밖에 정신 못 차리겠어, 엉 ?) // 차렷, 열중쉬엇, 차렷, 열중쉬엇, 차렷……(박남철, 「독자놈들 길들이기」, 『지상의 인간』, 문학과지성사, 1994).

검토되어야 한다. 이는 고전시학의 용사8)를 검토하여 현대시학의 접점으로써 패러디와 어떤 관련이 있는지를 검토함과 동시에, 용사와 패러디를 기능적으로 분류하여 작성한 다음, 그러한 뒷받침이 되는 현대시를 대상으로 검토하고자 한다. 이런 연구는 현대시를 이해하는 한 방법인 패러디 기법과 고전시론인 용사를 통하여 어떤 접점이 형성되며, 그 가능성의 검토이다.

본고의 연구 대상은 김춘수와 송욱, 그리고 현대시인의 작품을 pre-text로 하여 target-text의 작품으로 한다. 연구 과정에서 김춘수와 현대시인의 작품, 송욱의 시집『詩神의 住所』를 대상으로 삼은 연유도 아울러 밝혀질 것이다. 문예비평의 기법이 궁극에는 시 정신의 규명에 있다면, 시 기법 찾기의 중요성은 부언할 필요성이 없을 것이다.

2. 용사와 패러디의 이론적 접근

용사(用事)에 대한 어의를 살펴보면, 용사는 경서나 사서 또는 제가(諸家)의 시문이 가지는 특징적인 관념이나 사적(事迹)을 둘 셋의 어휘에 집약시켜 원관념을 보조하는 관념의 소생이나 관념 배화(觀念倍化)에 원용하는 수사법이다.9) 즉 5, 7자의 짧은 시구 속에서 서사성이라

---

8) 용사에 관련된 문헌의 기록을 편집한 책은 이종은 · 정민의 공편, 『한국역대시화류편』, 아세아문화사, 1988, 397~399쪽.

9) 최신호, 「초기 詩話에 나타난 用事理論의 양상」, 고전문학연구(제1집), 1971, 117쪽.
　　• 用事의 대상 : 文－六經, 三史 詩－文選, 李白集, 杜甫集, 韓愈集, 柳宗元集.

든가 또는 미묘한 감정을 표하기 위한 수사법의 하나이다. 이는 보편적인 용사의 개념이라 할 수 있으나 학자마다 다소 차이가 있다. 『破閑集』, 『補閑集』, 『白雲小說』, 『東人詩話』 등에서 용사의 문제를 매우 중요하게 다루고 있다. 그러나 이들 책에 사용된 용사라는 용어가 명확히 정의된 개념으로 쓰인 것 같지는 않다.[10] 그럼에도 불구하고 용사는 한시에 있어 매우 중요한 개념으로 자리 잡았다.

한시의 경우, 패러디 양상은 특정 시대의 시풍을 모범 삼아 특정 작가의 작품을 용사하는 것이다.[11] 이는 무조건적인 모방의 문제가 될 수도 있고, 창조적인 모방이 될 수 있다. 이에 대한 문제는 일찍이 『破閑集』과 『櫟翁稗說』에서 언급하고 있다. 이제현의 『櫟翁稗說』에서

• 用事의 내용 : 古人名, 官名, 古人語, 古人事, 姓名.
　　예) 茶山 시에서 「龍山吏」, 「波池吏」, 「海南吏」의 삼부작(두보의 「新安吏」, 「潼關吏」, 「石豪吏」의 삼부작(특정한 작품에서 운, 어조, 가치관, 표현까지도 빌림, <詩學講義序>)).
　　이병한 편저, 『중국고전시학의 이해』, 문학과지성사, 1993, 178쪽.
　　"用事란 시문 창작에 있어서 典故나 사실을 인용하고 활용하는 것을 말한다. 시문 창작에서 신화, 전설, 역사 속의 이야기 및 經書, 子書, 민요, 속언 중의 어구를 활용하여 내용을 효과적으로 전달하고, 이미지를 선명하게 하는 방식을 말한다……적절하고 합당한 用事를 하면 '적은 문자로 많은 뜻을 포괄하게 되는(以少總多)' 효과를 내게 된다. 또한 독자들도 인용된 사실과 전고를 통하여 풍부한 상상 작용을 전개할 수 있다."

10) 송재소, 「한시용사의 비유적 기능」, 한국한문학연구(제8집), 1985, 292쪽.

11) 강명관(「고전시학과 패러디－한시, 한시비평을 중심으로」, 『한국현대시와 패러디』, 현대미학사, 1996, 293~294쪽)은 고전문학에 나타난 패러디의 현상 가운데 … 패러디보다는 한시문학에 있어서 패러디적 양상을 다루었다. 이는 고전시학과 현대시학의 접맥을 한시를 중심으로 논의한 점에서 주목된다. 한시에 있어서 패러디는 다양한 차원에서 일어난다. 그 이유는, 첫째는 특정한 시대의 시풍을 패러디하는 경우가 있다. 둘째는 약간의 범위를 좁혀 특정한 작가의 작품을 모범으로 삼고 패러디함으로써 자신의 예술적 성취를 보장받으려는 경향도 있다. 셋째, 구체적인 특정 텍스트를 패러디하는 경우이다.

점화(點化)라는 것은 "남의 시문을 글자나 글귀를 군데군데 고쳐서 아름답게 꾸미어 제것으로 만들어"12) 사용하여 성공적일 때 쓰이는 기법이다. 그런데 기준이 무엇이냐라는 문제점은 안고 있다. 이와는 달리 용사를 잘못하게 되면 점귀부(點鬼簿)라 하였다. 이 점귀부는 "작품이 용사에 지나치게 경도되어 작품 이해를 위해 원작자를 찾아야 되니 이는 이미 죽었기 때문에 귀신을 불러내야 한다는 의미"(즉 귀신을 點考하는 帳簿란 의미)로 비판을 받는다. 이 점귀부는 이인로(1152~1220)가 『破閑集』에서 용사에 대한 한 병폐를 지적한 것이다. "본격적인 비평은 고려 후기에 이르러 비로소 나타났으며, 이인로의 파한집을 그 첫 예로 들 수 있다"13)는 점에서 『破閑集』을 눈여겨 볼 만하다. 여기에서 이인로는 임춘(耆之)이 참으로 용사를 잘하였다는 소개를 하고 있다.14) 이 문제는 이미 고려 시대까지 거슬러 올라가 논의가 되었다. 일찍이 고려 시대에 당송의 시문(특히, 동파의 시)을 지나치게 모방하려다 표절까지 시비가 되어 신의(新意)의 문제까지 대두되었다. 우리나라 비평사에서 신의를 처음으로 언급한 사람은 이인로이며 신의를 즐겨 쓴 사람은 최자(崔滋)다.15) 그래서 최자의 『補閑集』과 이인

---

12) ≪한국한자어사전≫, 동국대학교 동양학연구소, 1996, 1028쪽.
13) 조동일, 「6. 2 비평 의식의 성장」, 『한국문학통사』(2), 지식산업사, 1992, 37쪽.
14) 詩家作詩多使事 謂之點鬼薄 李商隱用事險僻 號西崑體 此皆文章一病 近者蘇黃崛起 雖追尙其法 而造語益工 了無斧鑿之痕 可謂靑於藍矣 如東坡見設驥鯨遊汗漫 憶曾捫虱話悲辛 永夜思家在何處 殘年知爾爾來情 句法如造化生成 讀之者莫知用何事 山谷云 語言少味無阿堵 氷雪相看只此君 眼看人情如格五 心知世事等朝三 類多如此 吾友耆之 亦得其妙 如 歲月屢驚羊胛熟 風騷重會鶴天寒 腹中早識精神滿 胸次都無鄙吝生 皆播在人口 眞不愧於古人(이인로, 柳在泳 譯, 『破閑集』 卷下(四), 일지사, 1994, 174쪽).
15) 민병수, 「이규보의 신의에 대하여」, 『이규보 연구』, 새문사, 1986, 82쪽.

로의 『破閑集』에서 신의를 주장하였다. 최자의 『補閑集』에서 이규보, 이인로, 임춘의 작품을 표절 중심으로 분석하여 표절하지 않는 이규보의 작품이 동파 수준의 문학이라고 평가한 데서 신의가 생겼다. 그렇다면 왜 높은 평가가 이루어지는가? 당시 무신정권의 시대적인 분위기가 많은 작용을 했다는 것이다. 최자 자신이 이규보의 은고(恩顧) 때문에 이와 같이 평가했다는 것이다.16) 그러나 이규보도 이인로 못지않게 용사를 많이 씀으로써 자기모순에 빠졌다.17) 특히 용사에 대한 문제는 조선시대 서거정의 『東人詩話』의 태반이 용사에 할애하고 있다. 그리고 다산은 용사를 주장하여 두보시가 전고(典故)를 쓰되 흔적을 남기지 않아서, 자작인 듯하지만 자세히 보면 모두 출처가 있는데, 이것이 그로 하여금 시성(詩聖)이라는 칭호를 얻게 한 까닭이라고 하였다. 또한 시를 쓰면서 전혀 용사를 하지 않고, 음풍농월(吟風弄月)이나 하고 바둑이나 술을 노래하면서 겨우 운자(韻字)나 다는 것은 시골의 고루한 훈장들이나 하는 것이다. 그래서 용사를 하더라도 대상은 마땅히 『三國史記』, 『高麗史』, 『國朝寶鑑』, 『新增東國輿地勝覽』, 『懲毖錄』, 『燃藜室記述』 등 우리나라 문헌들에 그 사실을 취하여야 한다고 「寄淵兒」에서 주장하였다.18) 용사의 정신은 부분적인 인용이나 전고(典故)의 인용을 가장 접근하기 쉬운 수사 방법이다. 그래서 자연스러운 전고의 인용은 오히려 시의 의취(意趣)를 풍부하게 하기도 한다는 긍정적인 측면도 있다. 이는 새로운 장르의 변화를 가져 올 수도 있

---

16) 신용호, 『이규보의 의식세계와 문학론 연구』, 국학자료원, 1990, 200쪽.
17) 신용호, 앞의 책 참조.
18) 정약용/ 박석무·정해렴 편역, 『다산문학선집』, 현대실학사, 1996, 482~483쪽.

음은 긍정적인 측면이 있다.[19] 그러나 신의의 정신이 개성적인 표현임을 강조하는 현대문학에서도 그 중요성이 부각된다고 판단된다.

여기서 현대시에 나타난 패러디를 통해서 용사의 두 갈래인 환골법과 탈태법의 접점을 살펴보자. 본고의 한시와 현대시의 접근 시도와는 달리 한시론으로 영불시(英佛詩)를 접근한 논의가 이미 진척되었다.[20] 그렇기 때문에 본고도 한시와 현대시의 한 방법론적인 양상을 이루는 것이다.

패러디의 연원적 특징은 '대부분의 문학이론가들은 패러디를 희랍어의 <parodia＝countersong>라는 명사에서 그 어원을 찾는다. 패러디의 문맥상 본질은 노래를 의미하는 낱말인 <odos>에서 연유하고, <para>는 텍스트 사이의 대조 또는 상반을 뜻하는 것 외에 일치 또는 친숙의 두 개념을 가지고 있다.[21] 이러한 어원적 특징에 대하여 권위 있는 견해를 가진 린다 허천(Linda Hutcheon)의 패러디 개념을 본고는 적절하게 활용할 것이다.

패러디의 개념에 대해서 린다 허천은 어느 특별한 작품의 진지한 소재와 수법을 모방하거나 어느 특별한 작가의 특징적인 스타일을 모방하여 그것을 저속하게 하거나 조야하게 조화되지 않는 주제에 적응시키는 것이다라고 했다. 이와는 달리 pre-text(source-text)와 target-text

---

19) 이해조, 『자유종』(창비교양문고, 1996)과 김수경, 『즈유종』(열음사, 1990)의 작품이 좋은 예이다.

20) 다니엘 A. 카스터/ 라종혁 옮김, 「중국 시론으로 본 <황무지>와 <네 사중주>의 시학」, 『포스트 모던－T. S. 엘리엇』, 서울대출판부, 1996.
심재상, 『노장적 시각에서 본 보들레에르의 시세계』, 살림, 1995.

21) 린다 허천/ 김상구·윤여복 공역, 『패러디 이론』, 문예출판사, 1993, 200쪽.

의 형식, 구조, 어조의 긴장을 통해서 <차이>냐 혹은 <반복>이냐의 강조점에 따라 달라질 수 있다(차이를 둔 반복)고 말한다. 이와는 반대로 "패러디가 창조적 재능과 독창성에 대한 교양 없는 敵이라는 신념"(Leavis)이라고까지 비판한다. 또한 "티니아노프가 패러디를 문학 진보의 새로운 출발로 보는 견해와 쉬클로프스키가 패러디를 문학형식의 새로운 인식에서 보는 견해 사이에는 다소 차이는 있지만 본질적으로는 패러디란 변화를 속성으로 가지고 있다고 하는"22) 점도 주목해야 한다. 그래서 이를 두고 창조성의 고갈이냐? 문학의 쇄신이냐?라는 이중고를 독자와 작가까지 고민하게 되었다.

본고가 의도하는 용사와 패러디의 관련성을 검토할 차례이다. 한시비평 중에 원류비평(源流批評—특정 작품 혹은 특정 작가의 작품 세계가 과거의 어떤 텍스트나 작가의 작품 세계에서 착상과 수사적 방법을 차용하고 있는가를 검토)이 있다. 즉 패러디의 원전 작품(source-text)과 패러디한 작품(parodied-text)의 관계를 따지는 패러디 비평이다.23) 이는 한시론 가운데 환골탈태론(換骨奪胎論)과의 관련성으로 볼 수 있다.

용사론 가운데 환골탈태론의 주장이 있다. 이는 시 작품 자체를 한정하여 패러디를 축약적으로 제시한 경우는 송대에 상당히 추종하였다. 그래서 중국의 서강시파(江西詩派)가 우리나라의 경우 해동강서파(海東江西派)까지 형성하게 되었다. 본고에서는 환골탈태론의 두 형태인 환골법(換骨法)은 "특정 작품의 시상을 그대로 두고 다른 어휘를 사용하는 방법 즉 동일한 통사 구조에 어휘만 바꾸어 놓은 것"이

---

22) 린다 허천/ 김상구 · 윤여복 공역, 위의 책, 201쪽.
23) 강명관, 앞의 책, 286쪽.

다.[24] 이는 김춘수 「꽃」과 장정일 「라디오 같이 사랑을 끄고 켤 수 있다면」 등이다. 그리고 탈태법(奪胎法)은 '시상 자체만을 빌려 오는 것'이다. 탈태론으로 볼 수 있는 작품으로는 널리 알려진 소월의 「예전엔 미처 몰랐어요」와 송욱의 「달을 디딘다」(『月精歌』, 113쪽), 원효의 <一體唯心造>와 관련된 <唯心>지 창간호에 실린 만해의 권두시 「心」, 박상배의 「戲詩 — 원효 日記」,[25] 이방원과 정몽주의 「何如歌」와 「丹心歌」의 패러디인 박상배의 「어떠리」,[26] 「프로메테우스 신화」

---

24) '換骨奪胎論'의 주장은 송나라의 황산곡으로부터 전수 받은 이인로의 주장은 상당히 주목된다. 그래서 이를 인용하면 다음과 같다. "黃庭堅의 전례에 따라 이인로도 換骨奪胎를 거론했는데, 의도한 바는 조금 다르다. 황정견은 詩意는 무궁하다면서 시로써 나타낼 수 있는 바는 얼마든지 있지만 시 짓는 사람의 재주가 모자라기 때문에 함부로 지으면 공교로운 표현을 얻지 못하므로 고전의 규범을 익혀 활용할 필요가 있다고 했다. 그러므로 환골탈태에 의해 용사를 하는 것이 권장할 만한 창작 방법이다…… 그런데 이인로는 황정견이 말한 함부로 시도한 조잡한 독창을, 묘한 표현까지 갖춘 독창으로 대치해서 가치의 서열이 달라지게 했다. 어찌 보면 황정견보다 앞서서 독창을 더욱 존중한 것 같다. 그러나 이인로는 황정견을 모범으로 해서 시 짓는 지혜를 터득했다고 했다."(조동일, 「13세기 詩論에서 문제된 心과 物」,『문학사와 철학사의 관련 양상』, 한샘, 1992, 19쪽).
서거정의『東人詩話』에서 用事의 방법론에 대해서 두 갈래로 나누었다. 이는 다소 차이를 보인 기법이라 하겠다. 가. 直用法 : 패러디 대상 작품과 패러디 작품과의 관계가 그대로 원용됨. 예) 茶山 시와 杜甫 시의 경우, 나. 反用法 : 주제상 혹은 어조상 반대의 관계에 놓이는 것(조종업,『東人詩話 연구』, 대동문화 연구(제2집), 1966 참조).

25) 박상배의 불교적 차원과 달리『마태복음』5장(3~12)을 시화한 윤동주의 「八福」이나 처용, 바리데기 무가를 시화한 작품들도 종교적인 차원에서 본고의 방법론으로 접근해 볼만하다고 판단된다.

26) 김준오, 「패러디시와 희극적 거리」,『잠언집』, 세계사, 1994, 108쪽.
"그의 시는 패러디시다…… 연작시 「잠언집」과 「戲詩」는 제목부터 전통장르 내지 기존 장르들을 패러디한 것이며 「풀잎頌」은 자연 예찬의 테마와는 전연 무관한, 제재 선택의 패러디다. 조선조 후기 김삿갓의 희시가 전통 한시의 패러디 시와 「龜兎之說」의 <肝>을 패러디한 윤동주의 「肝」 등이다. 그리고 송욱의 이태백 시의 시상을 빌려와 창작을 한 경우도 이에 속한다. 이 외에도 현대시에서 방대하게 찾을 수 있다. 탈태론의 성격 가운데 풍자적인 특징도 있음을 주목해야 한다. 신의론을 주장하였지만 용사를 많이 한 이인로의 『破閑集』에도 이러한 풍자적 특징을 엿볼 수 있다. 『破閑集』 가운데 「朴君公襲居貧嗜酒」에서 이백, 두보의 시에서 특정 부분을 용사하여 풍자적 특징을 잘 보여 준다.27)

이듯이 언어골계를 구사한 그의 시문체도 패러디화에 기여하고 있다"

27) 朴君公襲居貧嗜酒 客至無以飮 求酒於靈通寺僧 用皤腹山罇 盛以泉水 封纆甚牢固送之. 朴公 初見喜曰, "此器可受二斗許. 昔陳王 '斗酒十千宴於平樂.', 杜子美亦曰, '還須相就飮一斗, 恰有三百靑銅錢.' 今吾二人不費一錢而 得美酒 各飮一斗 則酣適之興不減於古人." 開視之乃水 也. 恨眼目不長落老胡計中 作詩寄之曰.
"有客來相過 / 囊中欠一錢. / 分爲廬岳酒 / 浪得惠山泉. / 似虎林中石 / 如蛇壁上弦. / 屠門猶大嚼"(손님이 오셨는데 / 주머니 속엔 돈 한 푼 없어서 / 여악廬岳의 술을 나누어 달랬더니 / 혜산惠山의 샘물만 헛되어 얻었네 / 범인줄 알았더니 역에 걸린 활이었네 / 도문屠門에서도 오히려 대작大嚼하였거든 / 하물며 어찌 술동이 앞에서랴). 何況對樽前. 僧見詩更以美酒酬之(이인로/ 柳在泳 역, 『破閑集』, 일지사, 1994, 卷下(12), 191쪽).
이인로의 <朴君公襲居貧嗜酒>에서 '斗酒十千'은 이백의 <將進酒>의 한 구절(陣王昔時宴平樂/斗酒十千姿歡謔)을 용사했음을 알 수 있다. '還須相就飮一斗'는 두보의 시 <偪仄行贈畢曜>의 끝 구절을, '似虎林中石'과 '如蛇壁上弦', '屠門猶大嚼'도 역시 용사이다(이의 나머지 해석은 위의 책 참고).
위의 시에서 朴君公襲이 시를 적어 보내었기에 靈通寺僧이 글을 보내는 데서 이 용사의 풍자적인 태도를 엿볼 수 있다. 이런 풍자적인 태도는 패러디의 특징이기도 하다. 패러디와 풍자의 관계를 설명하면서 린다 허천(Linda Hutcheon, 75~76쪽)이 인용한 시인과 시 작품을 보면 다음과 같다. "아폴리네르(Apollinaire)가 베를렌느(Verlaine)의 이유 없는 정신적 고통을 실제적인 육체적 불편의 견지에서 풍자하기 위해 형식상의 패러디를 사용했다. 랭보(Rimbaud)의 시 <도시 위로 부드럽게 비가 내린다(Il pleut doucemennt sur la ville)>는 베를렌느의 시의 題詞를 형성했다. 베를렌느의 시는 다음과 같다. '내 마음에 눈물이 흐른다 / 마치 도시에 비가 내

이 외에도 고려조 한시에서 중국 고사를 원용하는 용사의 경우가 많았다.[28)

3. 기법으로써의 시 정신 찾기의 두 유형

(1) 김춘수의 「꽃」과 target-text

김춘수의 「꽃」을 pre(source)-text로 정한 다음에 오규원의 「「꽃」의 패러디」, 장정일의 「라디오같이 사랑을 끄고 켤 수 있다면-김춘수의 「꽃」을 변주하여」, 장경린의 「김춘수의 꽃」, 최상호의 「김춘수의 '꽃'을 가르치며」 등의 작품을 target-text하여 검토하고자 한다. 위의 작품은 바로 한시론에서 말하는 '특정 작가의 작품을 모방하는' 용사 가운데 주요 뼈대만을 인용하는 환골법이라 할 수 있다.

pre(source)-text

내가 그의 이름을 불러 주기 전에는

그는 다만

리듯. / 내 마음을 적시는 / 이 번민은 무엇인가?'
아폴리네르의 패러디는 다음과 같다. '내 장화 속에 물이 새들어간다 / 마치 도시에 비가 내리듯. / 내 장화를 뚫고 들어간 / 그 물을 귀신이나 업어가라!' 이와 같이 보다 전통적인 종류의 패러디에서는 패러디도 풍자도 그다지 오묘하지 않다.
28) 저자와 작품만을 간략히 인용하면 다음과 같다(변종현, 『고려조한시연구』, 태학사, 1994, 294~299쪽). 이인로의 「山水友趙亦樂」, 임춘의 「謝人見訪」, 김극기의 「草堂書懷」, 郭預의 「壽康宮觀獵」 등이다.

하나의 몸짓에 지나지 않았다.

내가 그의 이름을 불러 주었을 때,
그는 나에게로 와서
꽃이 되었다.

내가 그의 이름을 불러 준 것처럼
나의 이 빛깔과 향기(香氣)에 알맞은
누가 나의 이름을 불러 다오.
그에게로 가서 나도
그의 꽃이 되고 싶다.

우리들은 모두
무엇이 되고 싶다.
너는 나에게 나는 너에게
잊혀지지 않는 하나의 눈짓이 되고 싶다.

─김춘수의 「꽃」(≪현대문학≫, 1952)

　　pre-text라 볼 수 있는 김춘수의 「꽃」에 대한 시 정신을 파악한 다음, target-text가 어떤 형태로 변모되었는지를 검토하고자 한다. pre-text인 김춘수의 「꽃」은 한국 현대시에서 널리 알려진 바대로 자기 존재에 대한 확인이 주제다. pre-text는 "꽃의 아날로지로서의 어떤 이데아의 세계, 즉 內包로서의 관념세계가 두드러지고 있다"는 것으로, 즉 "人間存在의 원래적 고독성이라고 할까, 그것을 서로가 인식함으로써 전개되는 어떤 連帶意識(도덕관) 같은 것을 이 시는 형상화하려고 했음"29)을 알 수 있다. 물론 1950년대라는 시대 상황과 외래 사조의 실존주의가 바탕이 되고 있음은 주지의 사실이다. 이런 바탕 위에 패러디가 된 것은 아니지만 어쨌든 이의 유사한 작품이 패러디라는

명목으로 쏟아져 나왔다. 이를 target-text 1, 2, 3, 4로 하여 검토하고자
한다.

target-text (1)

내가 그의 이름을 불러 주기 전에는
그는 다만
왜곡될 순간을 기다리는 기다림
그것에 지나지 않았다.
내가 그의 이름을 불렀을 때
그는 곧 나에게로 와서
내가 부른 이름대로 모습을 바꾸었다.

내가 그의 이름을 불렀을 때
그는 곧 나에게로 와서
풀, 꽃, 시멘트, 길, 담배꽁초, 아스피린, 아달린이 아닌
금잔화, 작약, 포인세치아, 개밥풀, 인동, 황국 등등의
보통명사나 수명사가 아닌
의미의 틀을 만들었다.

우리들은 모두
명명하고 싶어했다.
너는 나에게 나는 너에게.

그리고 그는
그대로 의미의 틀이 완성되면

---

29) 김춘수, 「오독된 나의 시」, 《현대시학》, 1991. 9, 105~107쪽.

다시 다른 모습이 될 그 순간
그리고 기다림 그것이 되었다.

　　　－오규원, 「「꽃」의 패러디」(『이 땅에 씌어지는 抒情詩』, 문학과지성사, 1981)

　오규원의 시는 김춘수의 시가 가진 인구회자(人口膾炙)의 덕택을 고스란히 보고 있다. 그래서 쉬운 시를 지향한다는 비판을 모면하기 위해 통사구조 혹은 어구, 어휘를 적절히 변용하는 데포르메시옹(deformation)의 기법을 사용하고 있다.[30] 형태적으로는 김춘수의 4연을 전체 5연으로 구성하고 있다. 이는 용사의 기법인 환골탈태론 중에 환골법은 특정 작품의 시상을 그대로 두고 다른 어휘를 사용하는 방법, 즉 동일한 통사 구조에 어휘만 바꾸어 놓은 것이다. 위의 작품은 바로 이와 같은 기법과 다름이 아님을 알 수 있다. 이처럼 현대시에서도 용사를 발견할 수 있다. 문제는 오규원의 시가 갖는 주제가 김춘수가 말하는 '꽃의 아날로지로서의 인간 존재의 고독성에 대한 서로의 인식'과 어떤 거리가 있는가이다. 오규원의 시는 '꽃의 아날로지'를 염두에 둔 것은 아니지만, 너와 나의 존재 혹은 인간 존재의 관계에서 왜곡되지 않는 '의미의 틀'로 자리 지워지기를 갈망하는 세계를 노래했다고 판단된다. 그렇다면 린다 허천이 말하는 차이를 둔 반복인가? 아니면 창조적 재능과 독창성에 대한 교양 없는 적(敵)이라는 리바이스의 견해인가? 이는 용사의 장단점과 같은 맥락이다.

---

30) 이상의 「거울」 작품과 오규원의 「거울」이 이에 해당한다(김치수, 「경쾌함 속의 완만함」, 『이 땅에 씌어지는 抒情詩』, 114～115쪽).

target – text (2)

내가 단추를 눌러 주기 전에는
그는 다만
하나의 라디오에 지나지 않았다.

내가 그의 단추를 눌러 주었을 때,
그는 나에게로 와서
전파가 되었다.

내가 그의 단추를 눌러 준 것처럼
누가 와서 나의
굳어 버린 핏줄기와 황량한 가슴 속 버튼을 눌러 다오
그에게로 가서 나도
그의 전파가 되고 싶다.

우리들은 모두
사랑이 되고 싶다.
끄고 싶을 때 끄고 켜고 싶을 때 켤 수 있는
라디오가 되고 싶다.

　　　　－장정일, 「라디오같이 사랑을 끄고 켤 수 있다면－김춘수의 〈꽃〉을 변주하여」
　　　　　　　　　　　　　　　　　　　　（『길안에서 택시잡기』, 민음사, 1988)

　　장정일의 시는 오규원의 시와는 달리 전체 4연으로 구성되어 pre (source)-text인 김춘수의 시 형식을 그대로 따르고 있다. 물론 따른다고 해서 행의 구성이 동일하다는 것은 아니다. 김춘수 시에서 〈이름〉이라는 고유명사 대신에 라디오의 버튼인 〈단추〉로서 〈라디오〉가 가지는 정물화된 개체를 언급하고 있다. 이는 김춘수의 시에서도 하나의 몸짓이라는 정물화된 개체와 동일하다. 이를 비교해보면, 〈이름 / 단추－몸짓 / 라디오－꽃 / 전파－하나의 눈짓 / 사랑〉

이라는 동일선을 이루게 된다. 이는 "굳어 버린 핏줄기와 황량한 가슴"이라는 물질문명화된 사회구조 속에서 의미 있는 소식을 전해주는 라디오 전파처럼 진정한 우리들의 사랑을 자유롭게 구가하고 싶은 욕망일 것이다.

이렇게 보면 pre-text와 target-text (1)과는 다소 거리가 있다. 그렇더라도 오규원, 장정일의 작품은 각기 다른 시세계를 보여주고 있다. 때문에 이제현이 말하는 점화(點化)로 볼 수 있는 성공작인 것이다.

target – text (3)

나와 섹스하기 전에
그는 다만
하나의 꽃에 지나지 않았다.
나와 섹스를 하고 난 후
그녀는 더 이상 꽃인 체하지 않는
체구가 되었다.

내가 그녀와 섹스를 한 것처럼
세일즈맨이든 경찰이든 꽃이든 망치든 컴퓨터든
무엇이든 내게 와서
나의 떨리는 가슴에 온몸을 비벼다오
그와 한몸이 되어
나도 그로부터 자유로운 체구가 되고 싶다.

우리들은 모두
한 송이의 체구가 되고 싶다
나는 너의 체구가 되고 싶고

너는 나의 利子가 되고 싶다
우리들은 서로에게
꽃보다 아름다운 利子가 되고 싶다.

　　　－장경린, 「김춘수의 꽃」(『사자 도망간다 사자 잡아라』, 문학과지성사, 1993)

　　장경린의 시는 4연으로 구성되어 있으면서 동시에 target-text인 오규원, 장정일과 같이 패러디했음을 시제에서 밝히고 있다. 하나의 순수 표상인 <꽃>이 섹스라는 제의를 통해서 물질문명의 대명사인 이자가 된다. 그래서 순수의 표상인 꽃이 아니라 차라리 "꽃보다 아름다운 利子가 되고" 싶다는 시대 비판적인 목소리를 담고 있다. 장정일과 같이 물질문명의 사회를 비판하지만 장정일은 진정한 사랑을 갈구한다는 점에서 일직선상의 시세계를 엿볼 수 있다.

target－text (4)

나는 너에게 너는 나에게
의미있는 존재가 되자고
가르치지만 애들아

네 쪽으로 걸었던 내 발자국은 몇 걸음이지?

다가가서는
색깔 있는 눈짓이나 그래서 얼마큼 향기나는
이름이나 나누었던가
너희 웃음도 모르고 너희 노래도 모르고
아버지의 직업, 어머니의 학력, 그렇고 그런 것
너의 점수, 너의 석차, 그렇고 그런 것

애들아, 꽃은 도대체 무엇이니?

-최상호, 「김춘수의 '꽃'을 가르치며」
(『김춘수의 '꽃'을 가르치며』, 시와 시학사, 1997)

target-text (1)에서 (3)까지와는 다소 거리가 있는 작품이 바로 최상호의 시다. <의미있는 틀>을 시인이 갈구하면서 학생들에게 외치는 내용이다. 그래서 김춘수가 꽃에서 고독한 존재의 확인을 하듯이 시인이 진정 고독한 존재 확인을 하지 못하는 상황을 설정하여 자신의 생활의 괴로움을 읊고 있다.

target-text (4)는 일선 학교 교사로서 국어시간에 가르치는 김춘수의 <꽃>의 작품을 패러디하여 "책임과 의무가 수반되는 역사의식, 현실에 대한 결백에서 오는 부끄러움", 즉 "한 사람의 시인으로서 지식인으로서 느끼는 자괴감과 완전치 못한 교사로서의 부끄러움"[31]을 표현한 작품이다.

패러디가 노리는 것은 재현과 동시에 파괴적 창조라는 기능을 수행하는 것이다. 그래서 패러디가 갖는 "텍스트의 주제는 물론 그 주제를 다루는 방법과 그 과정에 있어서까지 변화를 주기 때문에 어떤 대상의 진실을 재현하는 데 있어 파괴와 동시에 창조라고 하는 양면성의 심미적 기능을 본질로 가지고 있다"[32]는 것을 확인 할 수 있다.

이에 대한 원전(pre-text)과 대상 작품(parodied-text)의 각 연의 구성과 주제가 어떻게 다른지를 간략히 도표화시키면 다음과 같다.

---

31) 김우종, 「역사와 현실에 투영된 애정」, 『김춘수의 '꽃'을 가르치며』, 132~133쪽.
32) 린다 허천/ 김상구·윤여복 공역, 앞의 책, 201쪽.

	연 구성	지배소(Dominant)	주 제
pre-text (김춘수)	4	이름-몸짓-꽃 -하나의 눈짓	인간 존재의 고독성에 대한 서로의 인식
target-text 1 (오규원)	5	이름-명명-의 미의 틀	인간 존재의 관계에서 왜곡되지 않 는 '의미의 틀'로 자리 지워지기를 갈망
target-text 2 (장정일)	4	단추-라디오- 전파-사랑	진정한 '우리들의 사랑'을 자유롭게 구가하고 싶은 욕망
target-text 3 (장경린)	5	섹스-꽃-利子	물질문명의 사회 비판과 진정한 사 랑을 갈구
target-text 4 (최상호)	5	의미 있는 존재 -이름-꽃	한 사람의 시인으로서, 지식인으로서 느끼는 자괴감과 완전치 못한 교사로 서의 부끄러움

위의 내용을 통해 내릴 수 있는 결론은 다음과 같이 정리할 수 있겠다.

첫째, 입력된 의도를 위해 시인은 시적 구성(연 또는 행)의 변화를 시도하고 있다.

둘째, 독자로 하여금 작가의 의도를 추론할 수 있도록 중요 모티브의 변화를 시도하고 있다.

셋째, 작가의 의도된 결과는 다소 거리를 둠으로써 창작적인 패러디를 보여주고 있다.

넷째, 용사 가운데 환골탈태론이 있다. 이는 시 작품자체를 한정하여 패러디를 축약적으로 제시한 경우이다. 환골탈태론 중에 환골법은 특정 작품의 시상을 그대로 두고 다른 어휘를 사용하는 방법, 즉 동일한 통사 구조에 어휘만 바꾸어 놓은 것이다. 물론 pre-text와 parodied-text 사이의 거리는 다소 존재하지만 위의 작품들은 바로 환골법과 같은 기법과 다름이 아님을 알 수 있다. 여기에서 본고가 의도하는 고전시론과 현대시론의 한 접점을 확인할 수 있다.

이제까지 한 작가의 작품을 여러 시인들이 패러디한 점을 검토했지만 송욱은 중국 시인 이백의 한시를 여러 작품으로 패러디하는 특이한 양상을 보인다. 이에 대한 검토 작업을 하겠다.

(2) 송욱의 『詩神의 住所』와 target-text

송욱 문학에서 마지막으로 남긴 유작이 『詩神의 住所』(일조각, 1981)이다. 유작의 가치도 있겠지만 시적 변모의 종착역이라는 점에서 눈여겨볼 필요성이 있다. 본고와 관련하여 이태백에 관한 시편이 그러하다.

이태백에 관한 시편 :

「天地와 萬物은… 李太白을 위하여」
「瀑布－李太白을 위하여」
「계수나무는 이미 섶나무－李太白을 위하여」
「瀑布의 造化－李太白을 위하여」
「毛細管 속을－달아 달아 밝은 달아 李太白이 죽은 달아」
「李太白의 詩學－變奏曲」
「瀑布水가 하는 말씨－이태백을 위하여」

이는 한시에 있어 용사와 현대시의 패러디(parody)의 표현 장치라고 할 수 있다. 그래서 한시에 있어 용사와 관련성을 검토할 수 있는 것이다. 특히 송욱이 한 작품을 여러 번 패러디 혹은 탈태하는 경우를 검토할 것이다.

본고의 target-text인 「瀑布—李太白을 위하여」, 「瀑布의 造化—李太白을 위하여」, 「瀑布水가 하는 말씨—李太白을 위하여」의 작품들을 과연 시작으로 볼 것인가 아닌가에 대한 것부터 밝혀야 할 것이다. 왜냐하면 위의 작품들이 이백의 「望廬山瀑布」의 특정 대목을 인용하고 있기 때문이다. 「望廬山瀑布」를 연구해야 될 당위성은 송욱의 정신 행위를 표현한 작품이기 때문이다. 그러나 문제의 출발은 과연 이 작품을 시로 볼 것인가에 대한 것이 가장 근본 문제이다. 비교적 개인적인 친분이 있었던 작고 비평가 김현은 송욱의 시작으로 판단하여 유고 시집을 엮었다.33) 이는 다분히 김현의 판단이다. 김현 자신이 이백에 대한 조예가 있었는지 판단할 길이 없다. 따라서 이를 시작인지 아닌지의 판단을 위한 논리적인 해명을 할 수가 없다. 다만 그가 왜 시로 판단하여 편집했는지 알 수 있는 간접적인 자료가 있다. 유고시집 제2부의 서문에 해당하는 내용을 통해서 짐작할 수 있다. 이를 작품으로 인정한다면 어떻게 이해할 것인가?

이백의 시를 패러디했다면, 이 시에 대한 연구 가치는 주어질 것이다. 따라서 본 장은 김현의 판단에 따라 위의 시를 송욱의 작품으로 보고, 이를 패러디의 한 양상으로 송욱의 시를 이해하고자 한다. 우선 이백의 「望廬山瀑布」 작품을 구체적으로 어떤 부분에서 패러디했는지를 검토하겠다.34) 물론 연구 과정에서 한시의 탈태법과 패러

---

33) 이는 서울대(영문학과) 홍기창 교수의 면담을 통해 들었다. 물론 불문학자였던 정명환 교수도 친분이 두터웠다는 이야기를 들었다(1996. 8. 23, 서울대 연구실).
34) 조지훈은 자신의 한시에 대해 한글시를 다시 창작했다는 점에서 송욱과 비교된

디의 접점이 형성되는 것이 해명될 것이다.

송욱의 세 작품이 이백의 「望廬山瀑布」를 단순히 번역하였다면 당연히 시 전체를 한다거나 순서대로 했을 것이다. 그러나 위의 작품에서 구체적인 부분을 살펴보면 각기 다름을 알 수 있다. 이는 송욱이 입력한 의도된 모방이다.35) 따라서 이를 패러디의 한 양상으로 볼 수

다. 가령 한시 「送人」이 발상, 내용, 행간 처리 등에서 그대로 번역과 동시에 시작했다(김용직, 「전통미학의 세계」, 『한국현대시사』, 492~493쪽)는 점에서 눈에 띈다. "送子靑山路 / 滿山花政飛 / 行行白日暮 / 應海振衣非"『趙芝薰 詩選』에서 1943년 작으로 밝혀진 「送行」을 들어보면 다음과 같다.

그대를 보내노니 / 푸른 산ㅅ길에 // 자욱히 꽃잎이 / 흩날리 노라 // 가고가면 꽃비 속에 / 白日은 지리 // 날 두고 그대 홀로 / 떨치고 간 소매가 // 섭지 않으랴 −「送行 1」 여기 나타나는 바와 같이 「送人」과 「送行 1」의 차이는 거의 없다. 굳이 따지라면 두 가지가 지적될 수 있을 것이다. 우선 「送行」의 셋째 연은 "가고 가면 꽃비 속에 / 白日을 지리"로 되어 있다. 이것은 한시의 "行行白日暮"에 '꽃비'가 추가된 경우다. 또한 한시로는 4행으로 된 5언 절구가 「送行 1」에서는 9행 다섯 연의 자유시로 되어 있다. 형태면에서 「送行 1」이 한시와 크게 달라진 것이다. 그러나 이것은 한글을 매체로 한 시에서 조지훈이 현대적 작품을 쓰고자 한 결과가 빚어낸 불가피한 사태였다. 총체적으로 볼 때 이 두 작품 역시 조지훈의 한시에 대한 소양을 명백하게 증명한다.

35) 본고는 표절로 보지 않는다. 왜냐하면 다분히 의도된 모방이기 때문이다. 그래서 이를 패러디로 파악하고자 한다. 이 논의에 참고가 될 만한 내용은 다음과 같다 (Linda Hutcheon/ 김상구・윤여복 옮김, 『A Theory of Parody』, 문예출판사, 1993, 67~68쪽).

<그레이(Alasdair Gray)는 그의 소설 『래너크(Lanakr : 1981)』에서 독자에게 이 소설의 패러디적인 「표절 색인(Index of Plagiarisms)」을 제공함으로써 이러한 논쟁 전체를 조롱하고 있다. 이 책에는 세 종류의 문학적 도둑질이 있다는 사실을 알게 된다. ㉠ 덩어리 표절(BLOCK PLAGIARISM) : 타인의 작품이 뚜렷한 인쇄상의 단위로 인쇄된 곳 ㉡ 끼워넣기 표절(IMBEDDED PLAGIARISM) : 훔친 말들이 이야기의 몸체 안에 감추어진 곳 ㉢ 흩어진 표절(DIFFUUSE PLAGIARISM) : 배경, 인물, 줄거리나 소설의 아이디어들이 그들을 묘사하는 원작의 말들 없이 훔쳐진 곳…… 패러디와 표절을 구분할 필요가 있는 것은 단지 이들이 동의어로 사용되

있다. 이는 현대시에서도 흔히 쓰이는 시적 장치이다.36) 린다 허천이 패러디를 차이를 둔 반복이라고 말했듯이 「望廬山瀑布」와 세 작품은 pre-text(source-text)와 target-text의 관계이다. 시집 제2부의 서문에 "그 느낌이 시인의 시의 모체가 되고 있음을 단장은 여실히 보여준다"고 한 김현의 글은 송욱의 시세계를 이해하는 축이 된다는 판단이다. 따라서 제2부의 일기에 「李太白을 打倒하기 위하여」라는 글에서도 단순한 반복이 아니라 차이를 강조한 것으로 판단된다. 「瀑布―李太白을 위하여」는 이백의 시를 패러디한 상태에서 다시 변형시켜 패러디하고 있음을 알 수 있다.

target-text (ㄱ)

1행 : 太陽은 香爐峯을 비추기에
2행 : 향로처럼 보라빛 연기를 피운다.
3행 : 아득히 보니 앞설려는 개울물을 폭포가 달아맺다
4행 : 날을 듯이 흐르며 곧장 밑을 三千尺이다.
5행 : 어쩌면 銀河가 하늘 끝에서 쏟아졌으리라.

고, 또한 의도의 문제(비평적 거리를 가지고 모방하려는 의도인지 아니면 속이려는 의도를 가진 모방인지)가 복잡하고 규명하기 어려운 것이기 때문이다. 이점에서 나는 패러디를 논함에 있어 입력된 의도나 추론된 의도에 한정시키려는 것이다.>
36) 송욱의 「달을 디딘다」(『月精歌』, 113쪽)에서도 패러디의 양상을 발견할 수 있다. pre-text : 김소월의 「예전엔 미처 몰랐어요」와 pre-text : 太白이여 素月이여 / 달이 이처럼 가까울 줄은 / 달이 그처럼 서러울 때도 / 달이 그처럼 즐거울 때도 / 미처 몰랐다. 김준오, 「문학사와 패러디 시학」, 『한국 현대시와 패러디』, 현대미학사, 1996, 참고. 다만 본고의 의도를 좀 더 분명히 제시하고자 김춘수의 「꽃」을 패러디화한 작품을 예로 제시하였다.

                          *

太陽은 우주에게 香을 피우는 향로이리라.
폭포는 개울물을 한묶음을 묶었다가 하늘을 쏘며 달린다.
폭포는 나른다 그리고 곧장이다!
폭포에서는 개울물이 銀河로 다다르련다.
곧장 쏟아지기에!

위의 작품이 어떻게 패러디되었는지 pre-text를 비교해 보자.

    (1행) 日照香爐 (2행) 生紫烟
    (3행) 遙看瀑布挂長川
    (4행) 飛流直下三千尺
    (5행) 疑是銀河落九天37)

―「望廬山瀑布」

　「瀑布―李太白을 위하여」의 경우, 1연은 이백의 시 「望廬山瀑布」의 전문을 패러디하면서 2연에서는 변형시켜 패러디하고 있음을 알 수 있다.38) 단순한 반복이 아니라 '패러디는 어떤 식으로든 차이를 표

---

37) 「해는 향로봉을 비추니 자주빛 연기가 솟아오르고 / 멀리 보이는 폭포는 장천에 걸려 있다 / 날아 흘러내림이 삼천척은 됨직하니 / 구천으로 떨어지는 은하수가 아닐까.」
　　이백은 "여산의 노래를 侍御 여허주에게 부치다(廬山謠寄廬侍御虛舟)"라는 시에서 여산의 아름다움을 노래했다(金元中 評釋, 『唐詩鑑賞大觀』, 까치, 1993, 209~211쪽 참고).
38) 「瀑布―李太白을 위하여」의 1연과 2연이 다르다. 1연을 단순히 인용(인유)으로 볼 수도 있다. 그러나 본고는 이를 패러디로 파악하여 연구하고자 한다. 인용(인유)

시'해야 한다는 린다 허천(Linda Hutcheon)의 주장으로 파악한다면 이는 패러디이다. 이러한 패러디 방법을 통해서 target-text (ㄱ)은 廬山瀑布에 대한 경탄을 주제로 한 것이다. 또한 「望廬山瀑布」와 이백의 「友人會宿」의 일부분을 패러디한 「瀑布의 造化—李太白을 위하여」를 살펴보자.

target-text (ㄴ)

1행 : 불꽃처럼 번개처럼 솟는 폭포가

2행 : 으젓하게 새하얗게 무지개진다

3행 : 처음에는 은하가 쏟아지더니

4행 : 하늘과 구름만을 반쯤 바쳐 수놓는다.

5행 : 우러러볼수록 기운은 우렁차서

6행 : 장하다 造化가 이룬 功이여

7행 : 구슬이 날리면서 안개가 가벼워라

8행 : 물거품이 크나큰 돌을 때린다!

9행 : 名山을 즐겨보니 사람이 싫다!

10행 : 잠들고 싶은데서 잠을 자고서……

으로 보지 않는 이유는 린다 허천에 따른다(앞의 책, 72쪽). <패러디는 단순한 인용이나 인유보다 강력한 양 텍스트적(bitextual) 결정성을 지닌다. 즉 패러디는 패러디된 특정 텍스트의 기호뿐만 아니라 일반적으로 종적(縱的)인 패러디의 기호의 특성까지 모두 지닌다. 내가 여기서 인유를 포함시킨 것은 인유 역시 패러디와 혼동될 수 있는 쪽으로 정의되어 왔기 때문이다. 인유는 '두 텍스트의 동시적 활성화를 위한 하나의 방법'이긴 하지만 이는 주로 상응을 통해서 이루어진다는 차이를 통해 이루어진다는 점에서 패러디와는 다르다. 그러나 아이러니한 인유는 보다 패러디에 가까울 것이다. 일반적으로 인유는 패러디보다 덜 제한적이거나 덜 예정되어 있으며 패러디는 어떤 식으로든 차이를 표시해야 한다.>

1행에서 8행까지는 「望廬山瀑布」의 패러디이고, 9행과 10행은 「友人會宿」의 일부분이다. 「友人會宿」의 원문은 "醉來臥空山 / 天地卽衾枕"이다. 이를 다시 패러디하여 작품을 적었다. "名山을 즐겨보니 사람이 싫다! / 잠들고 싶은데서 잠을 자고"자 하는 소요유의 경지를 말하고 있다. 즉 폭포의 흐름을 통해 무위자연과 자유평등의 경지인 무하유향(無何有鄕)39)을 주제로 표현한 작품이다. 좀 더 발전된 형태의 target-text를 본다면 「瀑布水가 하는 말씨―李太白을 위하여」이다.

target-text (ㄷ)

瀑布水가 날은다 안개가 낀다 꿈을 꾼다 구름을 갛는다
百尺을 열 곱절한 하얀 명주을 瀑布水여!
제 무게에 갈갈이 갈기갈기 찢어져 내린다
四方을 에워싼 山봉우리는 붉은 바윗돌을 병풍처럼 펴들었다
(이 바람에… 이 바람에… 무슨 바람결일까?)
龍이 못물 속에서 내뿜는 숨결이여!

---

39) 장자의 「逍遙遊」편에 나오는 개념이다. 이를 인용하면 다음과 같다.
　　莊子曰：子獨不見狸狌乎? 卑身而伏, 以候敖者, 東西跳梁, 不辟高下, 中於機辟, 死於罔罟. 今夫斄牛, 其大若垂天之雲. 此能爲大矣, 而不能執鼠. 今子有大樹, 患其無用. 何不樹之於無何有之鄕, 廣漠之野, 彷徨乎無爲其側, 逍遙乎寢臥其下? 不夭斤斧, 物無害者. 無所可用, 安所困苦哉?(김달진 역해, 앞의 책, 31쪽).
　　무하유향에 대한 의미를 살펴보면, "莊子의 修養의 目標는 人間의 一切活動을 정지하고 無爲自然에 一任하여 是非善惡의 관념을 버리고 名利와 形骸를 떠나서 逍遙自適하여 절대 無差別의 境地에 이르는 데 있다. 이런 상태에 도달한 者를 至人 神人 聖人 또는 眞人이라고 부른다. 至人은 自己를 모르고 神人은 功을 모르고 聖人은 名을 모르고 眞人은 無何有와 鄕과 廣漠野의 境에 노는 者이다. 이와 같은 目標를 達成하려면 일체의 偏見을 버리고 無爲自然과 自由平等이 되지 않으면 안 된다는 것이다(김능근, 「장자」, 『중국철학사』, 백영사, 1971, 121쪽).

밤낮할 것 없이 바람이 일고 우레가 운다
여기서는 해도 달도 모두가 鬼神 눈동자!
空中을 나는 샘물, 치솟는 물보라는 虛空을 채우려고 안간힘 軌跡
을 쓴다
아아 소나기 銀河…… 銀河가 장마처럼
큰 섬 작은 섬이 어울리어 골고루 손가락을 펴면서
검푸른 물결이 물감처럼 솔질한 눈썹, 이름모를 풀잎이여!
초록빛 연지가 어디 있는가?
해묵은 이끼가 두 볼처럼 상기한다 함치르르 윤이 오른다……
아아 안개가 날으고 꿈이 낀다!
꿈을 꾸면서 안개가 낀다
구름을 갚으면
꿈을 꾸어 준다…

target-text (ㄴ)의 무위자연과 자유평등의 무하유향을 target-text (ㄷ)
은 구체적인 언급을 통해 구현하고 있음을 알 수 있다. 구체적 언급
이란 만물 변화의 혼돈을 통해 역설적인 침잠의 세계를 그리고 있다
는 뜻이다. 그 침잠의 세계라는 것은 무위자연과 자유평등의 무하유
향을 지향하는 시인의 세계를 말한다. 이는 시집『詩神의 住所』전반
에 흐르는 시세계이기도 하다. 이처럼 여러 번 패러디한 목적이 무엇
인가? 이백의「望廬山瀑布」는 글이 거칠고 다듬어지지 않는 것(稂莠滿
田體)으로 판단한 송욱의 불만 태도에서 패러디했다고 볼 수 있다. 물
론 이는 이인로가 말한 '부착지흔(斧鑿之痕)'에 대한 반발이기도 하다.
어쨌든「望廬山瀑布」을 pre-text로 하여 패러디한 작품이다.

　여기서 한 가지 주목해야 할 사실은 폭포에 관한 작품의 패러디
이다. 폭포와 관련된 작품은「瀑布의 造化―李太白을 위하여」,「毛細管
속을―달아 달아 밝은 달아 李太白이 죽은 달아」,「瀑布水가 하는 말

씨―李太白을 위하여」 등이다. 그렇다면 왜 폭포의 패러디에 관심을
가졌는가. 폭포는 물의 의미이기 때문에 송욱이 물에 대한 태도를 어
떻게 인식하느냐에 관련성을 찾을 수 있다. 이를 알 수 있는 것은 『文
學評傳』의 「Ⅲ. 제3장의 九. 鄭知常의 눈물」에서 암시를 받을 수 있다.

송욱은 바슐라르 시론을 상당히 긍정적으로 평가하였다. 단적으
로 말해서 "그의 哲學的 詩論은 詩의 批評이나 鑑賞뿐만 아니라, 詩의
創造力과 詩興까지 북돋아 주는 놀라운 힘을 지니고 있다"[40]고 하면
서 바슐라르 시론의 보편성을 통해 鄭知常(?~1135)의 작품(「大洞江」)[41]
을 실천 비평한 것이다. 그래서 정지상 작품의 가치를 평가하였다.
작품의 가치를 평가하면서 「大洞江」의 결구 부분에 주목하면서 그의
완성된 동기를 기술하였다.[42] 정지상 시의 결구인 <別淚年年添作波>
을 귀화한 중국인 양재(梁載, 이제현과 동시대 인물)가 <別淚年年漲綠波>
로 고쳤고, 이를 다시 이제현(李齊賢, 고려 말 시인, 성리학자, 1287~1367)
이 <添綠波>로 고쳤다는 것이다. 이러한 개작은 물결의 빛깔을 표현
해야한다는 점에서 모두 <綠波>로 고친 것을 송욱은 높이 평가했다.
그렇다면 송욱이 이태백의 「望廬山瀑布」를 개작하여 패러디한 작품
을 쓴 것과, 특히 물과 관련된 작품을 고친 것은 낭유만전체, 부착지

---

40) 『文學評傳』, 226쪽.
41) 雨歇長堤草色多 / 送君南浦動悲歌 / 大洞江水何時盡 / 別淚年年添綠波(증보 『海東詩選』,
　　151면).
　　비 그치자 긴 방죽에 / 풀빛이 무성하다 / 南녘 浦口에서 그대를 보내니 / 슬픈 노
　　래가 일고 동한다 / 大洞江 흐르는 물이 / 언제 다할까 / 헤어진 눈물은 해가 갈려
　　도 / 푸른 물결을 넘실 더한다.
42) 『文學評傳』, 247쪽.

흔을 비판하는 그의 시작 원리라 할 수 있을 것이다. 그래서 송욱 시작의 방법적 미학은 패러디라 할 수 있고, 패러디의 원천적인 수용 태도는 바로 바슐라르 시론을 통한 개작의 당위성에서 찾을 수 있는 것이다.

"패러디는 그 원작보다 높은 의미론적 권위를 가지려 한다는 것과 패러디의 해독자는 자신이 동의할 것으로 패러디스트가 기대하는 목소리를 항상 확실하게 알고 있다는 개리 솔 모손의 견해에 대해 대부분의 이론가들이 암암리에 동의한다"는 린다 허천(Linda Hutcheon)의 논의는 이를 잘 뒷받침해준다. 한시작법상 자신의 문학적 권위를 위하여 용사하는 경우가 있다. 시 창작과정상 좀 더 좋은 작품을 짓기 위해 명작을 탐독하여 베끼기 하는 방법을 통한 자신의 창작 단계에 나아가는 방법론이다. 패러디를 통한 송욱의 시세계를 탐색해야 할 부분은 역시 그의 시에 나타난 폭포(물)에 관한 정신세계의 반영을 추적해야 할 것이다. 즉 이는 송욱이 과학적 시론이라 명명한 바슐라르의 사원소론 가운데 특히 물에 관한 주도적인 이미지를 바탕으로 패러디한 작품이다. 송욱의 시작은 이백에 근원을 둔 "동양의 전통정신에 열광"의 태도이다. 그렇기 때문에 송욱의 이백에 대한 시작이라는 측면에서 "동양정신의 열광"43)이지만 형식적으로는 패러디

---

43) 송욱은 이태백에 관한 패러디와 함께 장자에 관한 패러디─「莊子의 詩學」: 장자 ＜內篇＞의 ＜應帝王＞과 外篇의 ＜天地＞을 패러디, 「王과 造物者─莊子을 위하여」: 莊子의 ＜應帝王＞과 ＜大宗師＞, ＜齊物論＞의 '胡蝶夢 우화'를 패러디─를 통해서 자신의 정신세계를 표현했다. 장자에 관한 패러디를 통해서 정말 훌륭한 시와 정신세계를 담고자 했다. 그 가운데 무하유향의 경지에 도달하고자 했음을 알 수 있다.

라 할 수 있다. 이 외에도 송욱은 이백에 관한 지대한 관심을 패러디 화하였다. 그래서 송욱이 동양정신을 모색한 방법론적인 미학은 패러디라 할 수 있을 것이다.[44] 정지상 시의 진정한 작품의 가치를 개작을 통하여 인정하였듯이 이런 개작 과정의 당위성을 통하여 송욱은 이백을 비롯한 동양문학의 패러디를 시도했다. 이는 용사에 있어 시상을 빌려 자신의 세계를 완성하는 일종의 탈태법이라고 볼 수 있다. 여기에서 본고가 의도하는 한시론과 현대시론의 한 접점을 확인할 수 있다.

본고의 연구와 관련하여 박상배의 「戲詩. 4-원효 日記」나 박상배의 「어떠리」는 김춘수의 패러디와 환골법과는 다른 형태이다. 이를 현대시의 패러디와 고전시론의 한 접점인 탈태법이라 볼 수 있다. 이는 본고 연구의 한정과 관련이 있기에 차후에 논의를 할 것이다.[45]

---

44) 『詩神의 住所』에 나타난 송욱 시의 방법적인 미학인 패러디의 형태를 유형화시키면 다음과 같다. 즉 산문 → 시(「春夜宴桃李園序」→「天地는 萬物을…… 李太白을 위하여」), 한시 → 시와 변이형, 혼합형(「望廬山瀑布」→「瀑布-李太白을 위하여」: 변이형 「瀑布의 造化-李太白을 위하여」: 혼합형 「瀑布가 하는 말씨-李太白을 위하여」, 「李太白의 詩學」), 산문, 시의 변이형 → 시 등으로 나눌 수 있다. 이는 송욱의 방법적인 미학을 통해서 동양정신에 탐닉한 것임을 알 수 있다.

45) 원효의 시 <心生故種種法生 / 心滅故龕墳不二 / 三界唯心萬法唯識/ 心外無法胡用別求 (김상현, 『역사로 읽는 원효』, 고려원, 1994 참조)>와 박상배의 「戲詩. 4-원효 日記」의 원문(마음 안에 마음을 쑤셔넣는다 / 마음은 그럼 마음 안의 마음이다 // 마음 안에 마음을 쑤셔넣고 / 마음 안에 또 마음을 쑤셔넣으면 / 마음은 그럼 마음 안의 마음 안의 마음이다 // 마음 안에 마음을 빼어놓는다 / 마음은 그럼 마음 밖의 마음이다 // 마음 밖에 마음을 빼어놓고 / 마음은 밖에 또 거듭 마음을 빼어 놓으면 / 마음은 그럼 마음 밖의 마음 밖의 마음이다)을 패러디했는데, 이는 한시의 탈태법이라 할 수 있다. 또한 「何如歌」와 「丹心歌」을 연상케하는 「어떠리」 작품 역시 이와 같다. 김준오는 이를 패러디로 규정(앞의 책 참조)하고 있다.

4. 마무리 및 방향 찾기

현대사회가 산업화되면서 점차 정보화, 디지털화되어 진정한 글쓰기는 사라진 듯한 느낌마저 든다. 그래서 대중매체를 비롯한 다양한 장르에서 방대하게 모방과 표절, 왜곡이 확산되고 있다. 이런 문제의 심각성은 문학 또한 예외가 아니다. 본고는 특히 모방과 표절, 왜곡 등에 관한 한 점검으로부터 시작했다. 이 점검의 방법은 작가의 창조적 정신이냐 고갈된 정신세계의 모방이냐라는 문제를 짚고자 했다. 이 문제는 고래로부터 현재에 이르기까지 끊임없이 제기된 문제인 만큼 고려해 볼 만하다고 판단했다. 그래서 고전시론의 한 방법인 용사와 현대시 이해의 핵이라 할 수 있는 패러디에 대한 검토 작업을 했다. 문학 작품 속의 새 기법은 작가 정신 혹은 작품의 주제를 찾는 중요한 도구인 만큼 이 도구에 대한 검토 작업과 동시에 실천 비평을 통한 방법론은 계속적으로 검토되어야 한다. 이는 고전시론과 현대시론의 한 접점의 연구임과 동시에 작품 주제를 찾는 한 방법이다. 이런 전제에서 연구한 본고는 다음과 같이 주목하고자 한다.

첫째, 고전시론인 용사의 한 갈래인 환골법은 현대시의 패러디 기법과 동일한 점을 밝혔다. 그 확인은 특정 어휘만을 변환, 굴곡시켜 새로운 형태의 시 창작을 한 김춘수와 현대시인의 시작품에서 찾을 수 있었다.

둘째, 용사의 한 갈래인 탈태법은 현대시의 패러디 기법 가운데 송욱이 이백 시의 시상을 빌려와 창작을 한 경우에서 확인할 수 있었다.

셋째, 이런 점검을 통해 작가의 창작적 태도와 독자의 작품 이해라는 이중적 측면을 고려해 볼 수 있었다.

넷째, 고전시론과 현대시론의 용사와 패러디가 작품 이해의 한 방법이라는 한 접점임을 확인할 수 있었다.

본 연구를 통해서 가지게 된 연구자의 몇 가지 상념에 대해서 적고 글을 맺고자 한다.

문학이 창조적 정신을 바탕으로 하지 않는다면, 문학의 고유한 영역은 소멸된다고 판단된다. 더구나 현대시는 창조적인 세계를 무기로 삼는다. 그럼에도 불구하고 창조적인 정신을 담는 용기로 창조적인 모방을 한다면 이는 어디까지나 한 기법일 뿐 부정되어서는 안 된다. 이런 창조적인 모방은 현대시의 패러디와 한시에 널리 퍼져 있는 용사의 방법이다. 그러나 새로운 의취(意趣)를 담는 기법으로서가 아니라 지나친 상용으로 인해 패러디와 용사가 지닌 본질을 훼손시키는 것은 심각한 문제이다. 가령 용사의 기법인 환골탈태가 지나쳐서 표절로 변한다면 이의 문제를 심각하게 판단해야 한다. 여기에 바로 작가의 창조성 고갈이라는 족쇄를 끼게 된다. 지나치게 용사하다 보면 작가가 지향하는 독창성, 창의성이 점점 소멸되기 마련이다. 따라서 이에 대한 불안을 작가는 항상 가져야 한다. 또한 패러디가 주제를 다루는 방법이 지나치게 재현에 의존하다 보면 모방과 표절이 갖는 불안을 떨칠 수가 없다.

용사의 경우 기존의 작품과 작가에게서 영향이 비롯된 것이라고 볼 때, 패러디의 동일 선상에서 이야기되어야 할 것이라 판단된다. 자연스러운 전고(典故)의 인용은 오히려 시의 의취를 풍부하게 하기도 한다는 긍정적인 측면도 있다. 이는 새로운 장르 변화를 가져 올 수도 있는 긍정적인 측면이다. 이는 단순히 시뿐만 아니라 소설에서도 기대되는 새로운 기법이다. 가령 이해조의 『즈유종』과 김수경의 『즈유종』을 예로 들 수 있다.46)

창작의 고갈로 새로운 활로를 찾은 것이 패러디 장치이다. 이는 널리 인정하는 창작의 범주로 볼 수도 있고, 표절의 범주로 보아 지적 기만 혹은 지적 사기로 보기도 한다. 긍정적인 측면에서 보자면 이러한 시적 장치로 현대시의 다양성을 확인할 수도 있다. 그런데 현대시에서만 원전을 빌리는 것이 아니라 고전 문학에서도 빌려오기 때문에 이를 정리할 필요가 있다. 현대시의 다양성을 볼 수 있는 작품들은 다음과 같다.

① 두보의 「봉기고상시」 → 정지상의 「대동강」 → 이수복의 「봄비」
② 이백의 「망여산폭포」 → 송욱의 「폭포」
③ 김수영의 「시여 침을 뱉어라」 → 박상배의 「시여 침을 뱉지 말아라」
④ 김춘수의 「왕소군」 → 이백의 「왕소군」
⑤ 오세영의 「서울은 불바다 2」 → 이대흠의 「봄은」
⑥ 이성선의 「지족선사」 → 「황진이의 일화」
⑦ 이백의 「산중문답」과 김상용의 「남으로 창을 내겠소」
⑧ 「가시리」와 「진달래꽃」 등등

위의 몇 작품 외에도 찾을 수 있다.

---

46) 이 논의는 다음과 같은 관점에서 차후에 이루어 질 것이다.
　1) 장르상의 문제 : 신문기사, 일기, 편지, 시, 희곡 등의 장르 혼합은 새로운 장르로 점검의 대상이 된다(김수경). // 토론체 형식(이해조), 2) 고소설 → 신소설(이해조) → 신신소설(김수경), 3) 1910년대의 사회 억압 구조(여성등장, 이해조) // 1970~80년대의 억압구조, 4) 작가가 소설 속의 작가 김명자가 『즈유종』을 쓰는 과정 (meta-fiction/ sur-fiction, 김수경) 등의 관점에서 패러디는 논의될 수 있다.

이처럼 다양해진 현대시의 원전과 영향 관계를 한시론에서 해결점을 모색할 수는 없을까? 환골탈태(換骨奪胎-이인로의 용사론)와 서거정의 용사론-직용(直用)/ 반용(反用)법에서 그 해결점을 찾을 수 있을 것이다. 이를 시 형식의 모형으로 구성해 보면 다음과 같다.

구 분	환골법	탈태법
직 용	①	②
반 용	③	④

위 모형을 다시 설명하면, ①의 경우는 환골직용법, ②의 경우는 환골반용법, ③의 경우는 탈태직용법, ④의 경우는 탈태반용법으로 나눌 수 있다. 이러한 용어들이 통용되기보다는 현대시의 다양성을 설명하려고 필자가 설정한 것이다. 물론 이는 필자의 현대시의 다양성을 유형화하려는 사고의 표현이다.

구분	정 의
환골직용법	원전에서 시적 골격을 빌려온 환골법에서 그 의미를 그대로 적용하는 방법.
환골반용법	원전에서 시적 골격을 빌려온 환골법에서 그 의미를 반대로 적용하는 방법.
탈태직용법	원전에서 시적 발상을 빌려온 탈태법에서 그 의미를 그대로 적용하는 방법.
탈태반용법	원전에서 시적 골격을 빌려온 탈태법에서 그 의미를 반대로 적용하는 방법.

위의 표처럼 현대시의 다양성을 설명하는 장점이 있으면서도 실제 제 시 분석의 이론적 접근은 쉽지 않은 것이 사실이다. 시의 다양성으로 분류하는 차원을 넘어 실제 시의 주제를 파악하는 데까지 접근이 가능해야 한다. 그래서 필자는 이를 좀 더 체계화시켜 현대시 분석의 틀로 실제 분석하는 것은 다음으로 미루어 놓겠다.

참고문헌

1. 현대소설과 패러디

김현실 외(1996), 『한국 패러디 소설 연구』, 국학자료원.
장경렬(1998), 작가의 죽음과 독자의 탄생―모방, 글쓰기, 글읽기, 그리고 보르헤스,
　　　　　『문학의 새로운 이해』, 문학과지성사.
권택영(1997), 「패러디, 패스티쉬, 그리고 독창성」, 『다문화 시대의 글쓰기』.
송경빈(1996), 『한국현대소설의 패러디 연구』, 충남대학교대학원 박사학위.
퍼트리샤 워/ 김상구 역(1989), 『메타픽션』, 열음사.

2. 시와 패러디

김준오 편(1996), 『한국현대시와 패러디』, 현대미학사.
남송우(1998. 가을), 「소위 포스트모던시, 문제는 없는가」, 시와 시학사.
임문혁(1996), 『한국현대시와 설화』, 계명문화사.
정끝별(1997), 『패러디 시학』, 문학세계사.
린다 허천/ 김상구·윤여복 옮김(1993), 『패러디 이론』, 문예출판사.
헤롤드 블룸/ 윤호병 편역(1991), 『시적 영향에 대한 불안』, 고려원.

3. 한시비평론

변종현(1994), 『고려조한시연구』, 태학사.
송재소(1992), 『다산시연구』, 창작과비평사.
＿＿＿＿(1985), 「한시용사의 비유적 기능」, 한국한문학연구(제8집).
신용호(1990), 『이규보의 의식세계와 문학론 연구』, 국학자료원.
원행패/ 박종혁 외 옮김(1990), 『중국시가예술연구』, 아세아문화사.
이병한(1974), 『한시비평체례연구』, 통문관.
이병한 편저(1993), 『중국고전시학의 이해』, 문학과지성사.
이인로/ 柳在泳 역(1994), 『破閑集』, 일지사.
이종은·정민 공편(1988), 『한국역대시화류편』, 아세아문화사.
장덕순 외(1986), 『이규보 연구』, 새문사.

정대림(1990), 「新意와 用事」, 『한국문학사의 쟁점』, 집문당.
정약용/ 박석무·정해렴 편역(1996), 『다산문학선집』, 현대실학사.
정요일(1994), 『한문학비평론』, 집문당.
전형대 외(1989), 『한국고전시학사』, 기린원.
조동일(1992), 『문학사와 철학사의 관련양상』, 한샘.
______(1992), 『한국문학통사』(2), 지식산업사.
조종업(1966), 「東人詩話 연구」, 대동문화 연구(제2집).
최신호(1971), 「초기 詩話에 나타난 用事理論의 양상」, 고전문학연구(제1집).
최자(1984), 『보한집』, 계명대출판부.
홍만종·허권수/ 윤호진 역주(1993), 「백운소설」, 『시화총림』, 까치.

현대시의 한시 영향

1. 서론

　현대시 연구자들은 한시(漢詩)의 영향을 직간접적으로 받은 작품들에 관한 관심이 적다. 한시의 영향을 받은 현대시에 대한 깊은 관심은 시의 다양성을 이해하는 것만이 아니라 현대시사(現代詩史)의 폭을 넓히는 길이기도 하다. 현대시에서 한시의 영향을 살펴 볼 수 있는 시인은 정지용, 김상용, 이육사, 신석초, 조지훈, 송욱, 이수복 등을 꼽을 수 있다.[1] 가령 송욱(宋稶)의 경우 이태백의 시 「望廬山瀑布」를 「瀑布」로 패러디한 작품을 발표했다.[2] 이는 전적으로 한 작품을 대상

---

[1] 김종길은 「한시와 우리 현대시」(『시와 시인들』, 민음사, 1999, 112～123쪽)에서 정지용의 「구성동」, 김상용의 「남으로 창을 내겠소」, 이육사의 「광야」, 신석초의 「바라춤」, 조지훈의 「파초우」, 이수복의 「봄비」 등을 짚었다.

으로 여러 번 패러디한 경우이다. 이와 달리 조지훈은 자신의 한시를 현대시로 표현했는데, 이를 어떻게 받아들여야 할 것인지 주시할 필요가 있다. 이는 현대시의 한 경향이라기보다는 좀 특이한 경우로 산정할 수밖에 없다. 또 이수복은 한시의 시상에서 영향을 받아 창작했다.

한 작품에 여럿의 한시 영향을 어떻게 보아야 할 것인가? 표절로 볼 것인가? 아니면 현대시의 패러디로 볼 것인가? 이런 경향은 서구 문학론보다 좀 더 세분하여 비평한 고전시론을 들여다 볼 필요가 있다. 좋은 시문을 창작했을 때를 '신의(新意)'라 하고, 좋은 생각을 좋은 작품에서 몇 구절 빌려 표현한 것을 '용사(用事)'라 하였다. 그렇지 않고 표절한 것을 '점귀부(點鬼簿)'라 하여 우리 조상들도 시문 창작에서 경계하였다. 본고에서 주목한 것은 좋은 시문에서 몇 구절을 빌려 자신의 생각과 표현을 기절(氣節)한 경우에 표절로 볼 것인가 아니면 시 창작의 한 경향으로 볼 것인가이다.

서거정(徐居正)은 최자(崔滋)와 이규보(李奎報)가 주장한 신의(新意)에 대해서 용사(用事)의 필요성을 역설한 바 있다. 그래서 "단순히 자신의 생각을 생경하게 드러내기보다는 용사를 적절히 구사함으로써 보다 세련되면서도 심원하게 작품성을 추구해야 한다."고 강조하였던 것이다.3) 본고에서는 현대시의 용사 장치를 검토하여 현대시의 한시 영향과 그 기능을 짚고자 한다. 이 논의는 표절과 그 주변 논의와 관련해서 생각해 볼 것이다. 더 궁극적인 필자의 의도는 표절 판단에 하나의 기준을 생각해 볼 수 있다는 것이다.

---

2) 졸고, 「시 세계의 지속과 변화 양상」, 『송욱문학연구』, 좋은날, 2000, 121~130쪽.
3) 서거정/ 박성규 역주, 「서거정의 생애」, 『동인시화』, 집문당, 1998, 16쪽.

2. 현대시의 두 경향과 표절

(1) 조지훈의 「送人」과 「送人 1」

현대시 창작과 한시의 영향 관계에서 조지훈의 경우는 특이하다. 특이하다는 것은 스스로 한시를 짓고 다시 이를 현대시로 창작했다는 점 때문이다.[4] 과연 이를 창작으로 볼 것인가? 아니면 번역으로 볼 것인가? 번역이 아니라면 스스로 한시를 짓고 스스로 번역했다면 이를 현대시의 창작으로 볼 수 있느냐는 문제는 표절이라고 할 수도 없다.[5] 어쨌거나 조지훈의 한시의 역량이 현대시 창작에 영향을 미쳤다고 볼 수 있다. 이는 현대시인들에게서는 찾기 힘든 조지훈만의 독특한 시 창작법이다. 한 예를 들면 다음과 같다.

送子靑山路
滿山花政飛
行行白日暮

---

4) 한시와 관련한 작품들은 「芭蕉雨」, 「洛花1」, 「洛花2」, 「鷄林愛唱」, 「倚樓吹笛」, 「送人1」을 들 수 있다(최병준, 「조지훈의 한시」, 『조지훈 시 연구ㅡ시와 삶의 미학』, 한국문화사, 1997, 198~199쪽).

5) "다른 저작물과 여섯 단어 이상의 표현이 일치하거나 생각의 단위가 되는 명제와 데이터가 같은 경우 출처를 표시하지 않으면 모두 표절로 인정"된다. (중략) "그러나 자신의 저작을 번역한 것을 다른 국가의 학술지에 다시 싣거나 박사학위 관련 논문을 2편 이내의 학술지에 게재한 경우, 짜깁기에 해당하지만 창작성이 인정되는 경우 등은 표절에 포함되지 않는 것"으로 봤다(≪동아일보≫, 「교육부 인문·사회과학 분야 표절 가이드 라인」, 2008. 2. 22).

應悔板衣非

─「送人」(『조지훈 시선』, 1943)

그대를 보내노니
푸른 산ㅅ길에
자욱히 꽃잎이
흩날리 노라

가고가면 꽃비 속에
백일은 지리

날 두고 그대 홀로
떨치고 간 소매가

섧지 않으랴

─「送人 1」(『조지훈 시선』, 1943)

조지훈의 작품 가운데 그 발상, 내용, 행간 처리 등에서 한글시와 같은 한시가 있다고 일찍이 김용직은 주목했다.[6] 이러한 시적 경향에 대해서 김용직은 "한글을 매체로 한 시에서는 조지훈이 현대적 작품을 쓰고자 한 결과가 빚어낸 불가피한 사태였다. 총체적으로 볼 때 이 두 작품(「送人」과 「旅懷」) 역시 조지훈의 한시에 대한 소양을 명백하게 하게 증명한다."[7]는 것이다.[8]

---

6) 김용직, 「전통 미학의 세계」, 『한국현대시사(2)』, 한국문연, 1996, 492쪽.
7) 김용직, 「전통 미학의 세계」, 위의 책, 493쪽.

이 시에 대한 차이를 다음과 같이 정리했다.

> 「送人」의 셋째 연은 '가고 가면 꽃비 속에 / 백일은 지리'라고 되어 있다. 이것은 한시의 '行行白日暮'에 '꽃비'가 추가된 경우이다. 또한 한시로는 4행으로 된 5언 절구가 「送人1」에서는 9행 다섯 연의 자유시로 되어 있다. 형태면에서는 「送人1」이 한시와 크게 달라진 것이다.
>
> ─김용직, 「전통 미학의 세계」(『한국현대시사(2)』, 한국문연, 1996, 493쪽)

그리고 최병준은 "두 작품은 한시를 번역한 동일 작품이라 해도 무리가 없다. 한시의 기승전결을 표현 기법을 그대로 이어받았고, 기승의 구절은 원시의 번역과 일치한다. 전구에서는 다소 변용을 가했다. '行行白日暮'를 '가고 가면 백일은 지리'라 해도 무방할 것을 '꽃바람 속에'라는 시구를 첨가해서 시적 정서를 표출하였다. 결구에서 '應悔振衣非'를 '날 두고 그대 홀로 떨치고 간 소매가 섧지 않으랴' 표현한 것은 원시의 번역인 듯한 느낌을 주면서도 다소 현대시적인 정서를 가미해 효과를 높였다."고 했다.

위의 김용직과 최병준의 평가는 다 같이 형태적 측면을 주목하고 있다. 그런데 이 둘의 평가 태도에서 행과 연의 문제를 다르게 짚고 있다는 점이 중요하다. 조지훈의 평가는 한시를 현대시로 번역하면서 행과 연을 구별한다는 점에서 패러디라고 볼 수 있다. 송욱은 한시를 현대시로 패러디하면서 원시를 그대로 옮긴 것이 아니라 행과

---

8) 김용직은 조지훈의 시와 한시의 상관관계를 주목했다. 이러한 창작 배경에 경북 영양의 유림 환경의 한학 공부와 오대산 월정사의 체류 생활을 들고 있다(493~494쪽).

연의 구별을 통해 현대시의 묘미를 살리고 있다는 점에서 비교할 수 있다. 그러나 최병준의 평가는 일면 타당성이 있지만 행간 구분이 없이 평가함으로써 원시의 번역상의 무게로 비칠 수 있다. 현대시는 행과 연의 의미가 시의 무게와 비례한다는 측면을 무시하고 평가한 것이다. 최병준의 의견을 좇는다면 원시의 번역에 가깝다. 어쨌든 조지훈 스스로 현대시의 창작에 대한 '자기 퇴고의 정신'을 보여 줄 것이다.

본고의 의도대로 표절과 관련하여 본다면, 스스로 창작한 한시의 경우 현대시로 옮기더라도 그 시의 형태적 특징을 발견할 수 있고, 그 주제가 분명하다면 이를 표절로 볼 수 없다는 것이다. 앞에서 이미 지적했듯이 타인의 한시라 하더라도 현대시에서 원문 번역이 아니면 일정 부분 정도의 패러디 차원의 용사는 표절로 보기 어렵다고 할 수 있다.

(2) 이수복의 「봄비」와 신의(新意)

1970~80년대 고교 시절 두 세 편의 시를 기억할 것이다. 바로 박인환의 「목마와 숙녀」 그리고 김춘수의 「꽃」, 이수복의 「봄비」 등이다. 당시 이 시를 외우지 않았던 사람들은 드물 것이다. 세월이 한참 지난 뒤에도 이 시를 뇌리 속에 기억하는 것은 바로 좋은 시이기도 하지만 사람의 감정을 녹이는 시이기 때문이다. 박인환의 시는 김소월의 시와 함께 대중가요로 많이 불렸다. 이와 달리 김춘수는 후대에 와서 많은 시인들이 패러디하겠다고 약속이나 한 듯이 쏟아져 나왔다.9) 그런데 이수복 시의 경우는 대중화되었거나 후대 시인들에게 창작의 본이 되었거나

패러디된 경우가 없었다. 그런데 이 시를 명시로 꼽는데 별 주저가 없다는 점은 이 시가 갖는 애상감(哀傷感) 때문일 것이다. 이 애상감은 한시에서 느껴지는 것이고, 이 애상감 또한 두보 시에서 온다면 신의로 볼 수 있을 것이다. 이수복의 시 전문을 인용하면 다음과 같다.

이 비 그치면
내 마음 강나루 긴 언덕에
서러운 풀빛이 짙어 오것다.
푸르른 보리밭길
맑은 하늘에
종달새만 무어라고 지껄이것다.

이 비 그치면
시새워 벙글어질 고운 꽃밭 속
처녀애들 짝하여 새로이 서고,
임 앞에 타오르는
향연(香煙)과 같이
땅에선 또 아지랭이 타오르것다.

-「봄비」(1969)

이 시에서 연상되는 봄날의 애상감은 정지상(鄭知常)의 「送人」에서 느끼는 애상감에 연유한 것이다. 이 애상감은 다시 두보의 시 「奉寄高常侍」에서 환골탈태(換骨奪胎)한 것으로 보고 있다.[10] 정지상(鄭知常)의 「送人」

---

9) 본 졸저에 포함된 논의들을 읽으면서 이미 발견했을 것이다.
10) 정민, 「버들을 꺾는 뜻은」, 『한시 미학 산책』, 솔, 1996, 87쪽.

을 인용하면 다음과 같다.

　　雨歇長堤草色多
　　送君南浦動悲歌
　　大同江水何時盡
　　別淚年年添綠波

－정지상, 「送人」 원문

　　비 개인 긴 둑에 풀빛 고운데
　　남포에서 님 보내며 슬픈 노래 부르네.
　　대동강 물이야 언제 마르리
　　해마다 이별의 눈물을 보태나니.

－정지상, 「送人」 번역시(정민, 85쪽)

　　위의 시에서 문제 삼고자 한 것은 두 가지이다. 우선 이수복의 시에서 대체로 용인하고 있는 부분은 "이 비 그치면 / 내 마음 강나루 긴 언덕에 / 서러운 풀빛이 짙어 오것다."의 부분을 정지상의 시 가운데 기구(起句)인 "비 개인 긴 둑에 풀빛 고운데"이다. 문제는 이수복의 시에서는 '서러운 풀빛'이고, 정지상의 시에는 '풀빛이 고운데'이다. 물론 이수복은 '서러운'은 시인의 서러운 감정이 반영된 표현이고, 정지상은 비 개인 뒤, 그야말로 풀빛이 '곱다'는 자연 현상이거나 시인의 밝은 감정이 반영된 표현일 수 있다는 것이다. 그러나 시 전반에 흐르는 님과 이별의 정서에서 보면 대비 차원에서 자연 현상의 푸름을 표현한 것으로 볼 수 있다.

	이수복의 「봄비」	정지상(鄭知常)의 「送人」
시 부분	서러운 풀빛이 짙어 오것다.	풀빛이 고운데
한시 용어 사용 유무	탈태 사용	탈태 원전
표현상 차이와 공통점	서러움의 감정 반영, 서러움의 감정을 그대로 노출함	자연 현상 자체의 표현, 시 전체 분위기는 님과의 이별이라는 서러움의 감정을 한층 고조시키기 위해 풀빛이 곱다고 표현함

또 하나의 문제는 이수복의 시는 봄날의 슬픔을 노래한 것이지만 정지상이 홍분(紅粉)이란 기녀와 헤어지며 지었다는 이 시는 이별의 슬픔을 노래했다는 점에서 차이를 보인다. 이 경우 과연 정서상 동질감이 있다고 볼 수 있는가 문제이다. 두 시의 적극적인 관련성은 '슬픔(애상감)'이란 측면에서 찾을 수 있다.

김종길은 이수복의 시가 정지상의 시구에서 빌려 온 것이라 하더라도 변용이 성공적이라 하면서 이수복의 창작 태도에 대해 두 가지 점을 긍정적으로 평가했다. 즉 "첫째는 3행에 걸쳐 전개시킨 리듬이요, 둘째는 <강나루 긴 언덕> 앞에 보충된 <내 마음>이라는 어구"11)이다. 이에 대한 보충 설명은 다음과 같다.

「봄비」의 첫머리의 리듬이 3행에 걸쳐 유장하게 전개되느라고 「대동강」의 첫 행의 의미 내용은 다소 변용되었을 뿐만 아니라 <서러운>이라는 낱말이 또한 보충되어 있다. 그러나 그 의미 내용의 변용

---

11) 김종길, 「한시와 우리 현대시」, 『시와 시인들』, 민음사, 1997, 122쪽.

은 <내 마음>이라는 어구가 보충됨으로써 특기할 만한 성과를 거두게 된다. 왜냐하면 <雨歇長堤草色多>라는 객관적 현실이 그 어구의 보충으로 일거에 내면화되기 때문이다. 즉 그 보충으로 말미암아 <강나루 긴 언덕>은 외적인 공간이 아니라 내적인, 상상적인 공간으로 전환되는 것이다. 그리하여 「봄비」의 첫머리는 「대동강」의 첫 행이 누릴 수 없는 깊이를 누릴 수 있게 되어 또 하나의 환골탈태의 경지를 보여주고 있다.

—김종길, 「한시와 우리 현대시」(『시와 시인들』, 민음사, 1997, 122쪽)

위의 인용에서처럼 이수복은 한시의 영향 관계에서 변용을 통해 좋은 작품을 창작했다고 할 수 있다는 것이다.

여기서 한 가지 짚고자 한다면 정지상의 시가 두보의 시[12]에서 환골탈태(換骨奪胎)했다는 점이다. 정리하면 다음과 같다.

	정지상(鄭知常)의 「送人」	두보의 「奉寄高常侍」
시 부분	別淚年年添錄波 (정민 : 해마다 이별 눈물 푸른 물을 보태나니.)	別淚遙添錦水波 (정민 : 이별 눈물 아득히 비단 물결에 보태지네.)
한시 용어 사용 유무	환골탈태법 사용	환골탈태법의 원전
표현상 차이와 공통점	이별의 감정을 극에 달하도록 '푸른 물'이라고 표현했다.	이별의 감정을 극에 달하도록 '비단 물결에 보태진다고' 표현했다.

---

12) 독창성으로 보자면 두보 역시 패러디했다. 가령 두보의 「自京赴奉先懸詠懷五百字」는 『맹자』와 『사기』, 「평원군전」, 『회남자』의 패러디로 지적된다(이병한, 『한시비평의 체례연구』, 통문관, 1974, 31쪽 ; 강명관, 「고전시학과 패러디」, 『한국 현대시와 패러디』, 현대미학사, 1996, 286쪽).

또 정지상의 원시가 여러 번 첨삭되었다. 이 부분에 대해서는 바슐라르의 시론을 통해 정지상의 시를 비평한 송욱은 "정지상 시의 결구인 '別淚年年添作波'를 귀화한 중국인 양재(이제현과 동시대 인물)가 '別淚年年漲綠波'로 고쳤고, 이를 다시 이제현(고려 말 시인이자 성리학자, 1287~1367)이 '添綠波'로 고쳤다."는 것을 주목했다. 그리고 이러한 개작 과정은 '시의 창조력과 시흥(詩興)'을 북돋아 준다는 것이다.[13] 정지상의 시는 여러 번 첨삭되면서 이별의 감정을 극에 달한 표현으로 바꾸고자 많은 이들이 노력한 것이다. 이처럼 시의 감정을 어떻게 표현하느냐는 표현의 형식보다는 내용의 문제라는 의미로 해석할 수 있다.

두보 시를 탈태직용해서 정지상은 시를 완성했고, 정지상의 시 가운데 일부를 탈태반용해서 이수복 시를 완성했다고 볼 수 있다. 이처럼 한시의 표현은 현대시에 영향을 준다는 점에서 한시에 대한 관심을 가져야 할 것이다. 현대시의 원류와 영향을 서구시에서만 찾을 것은 아니다. 오히려 동양권의 문화라는 점에서 정서상 영향과 영감을 받을 일이 많기 때문이다.

3. 결론

현대시 창작의 다양성이라는 측면에서 보자면 본고에서 다룬 작품들은 시적 영역의 확대라는 긍정적 측면이 강조될 수 있다. 그러나

---

13) 졸고, 「시 세계의 지속과 변화 양상」, 앞의 책, 126~127쪽.

역으로 보자면 순수 창작이라는 측면에서는 다시 고려해 보아야 할 문제이다.

논의한 내용을 정리하면 다음과 같다.

첫째, 조지훈은 스스로 검증할 수 있는 퇴고의 정신으로 현대시를 썼다.

둘째, 조지훈은 시 창작의 한 경향을 보여 주었다.

셋째, 조지훈의 시적 역량을 현대시에서는 찾아보기 힘든 예이다.

넷째, 이수복의 시는 다양한 한시의 영향을 통해 신의한 작품으로 평가할 수 있다.

다섯째, 이수복의 시를 통해 한시 영향의 가능성을 확인할 수 있다.

현대 시인들의 한시 영향보다는 서구 시인들에게서 받은 영향을 오히려 높이 평가하는 경우가 많다. 하지만 전통적인 동양 문화권 가운데 한시의 역사는 오래되었고, 오래된 만큼 시의 역사와 전통이 깊고 우수한 작품들이 많다는 점에서 이들에게 신의할 작품들이 많다. 따라서 시 창작의 본을 서구 시인에게만 매달릴 것이 아니라 한시에서도 충분히 찾을 가치가 있다는 것이다.

참고문헌

강명관(1996), 「고전시학과 패러디」,『한국 현대시와 패러디』, 현대미학사.
김용직(1996),『한국현대시사(2)』, 한국문연.
김종길(1997),『시와 시인들』, 민음사.
박종석(2000),『송욱문학연구』, 좋은날.
서거정/ 박성규 역주(1998),『동인시화』, 집문당.
송욱(1963),『시학평전』, 일조각.
이병한(1974),『한시비평의 체례연구』, 통문관.
정민(1996),『한시 미학 산책』, 솔.
최병준(1997),『조지훈 시 연구-시와 삶의 미학』, 한국문화사.

시와 노래의 개작 논의

1. 문제의 방향

본고는 동시가 동요화되면서 개작(改作)된 과정을 검토하여 원작(原作)과 개작의 차이를 밝히고자 한다. 기성시가 노래화되는 경우와 어떤 차이가 있는지를 잠정적으로 비교하는 측면도 있다. 필자는 기성시와 대중가요의 표절(剽竊)과 관련하여 조용필이 불렀던 「바람이 전하는 말」(작사 : 양인자, 1980년 제8집 <허공> 수록곡)과 마종기의 「바람의 말」(『안 보이는 사람의 나라』, 문학과지성사, 1980)을 대상으로 하여 표절 부분을 분석한 바가 있다. 그래서 본고의 개작 논의와 함께 비교해 볼 수 있을 것이다.

본고에서는 동요시가 노래화되면서 개작되었는데, 그 원작과 동요작의 차이를 구체적으로 짚고자 한다. 이는 조용필이 불렀던 「바람이 전하는 말」의 경우는 표절과 동시에 개작이 이루어졌지만 본고에서 다루고자 하는 서덕출(徐德出, 1907~1940)의 「눈꽃송이」는 자연스럽게 곡을 붙이면서 개작되었다. 기성시의 대중가요화는 창작이라는 점보다는 대중성과 상업성이 크게 부각되는 반면, 동요는 동심(童心)과 순수성이라는 측면이 강조되면서 개작 과정을 거친다는 것을 알 수 있다. 따라서 「눈꽃송이」의 창작과 개작의 의미를 통해 그 차이와 가치를 밝히고자 한다.

2. 「눈꽃송이」의 동요화 과정

　본고에서는 원작인 「눈꽃송이」의 주제와 표현 방법을 먼저 검토하고, 개작한 동요와 비교한다.[1] 「눈꽃송이」를 읽어 보면 그 음악성이 저절로 느껴지면서 문학성 또한 예사롭지 않음을 알 수 있다. 지금도 애송(愛誦)되고 있는 「눈꽃송이」의 원작과 동요작을 인용하면 다음과 같다.

가) 원작

송이송이 눈꽃 송이
하얀 꽃송이
하늘에서 피어(a) 오는
하얀 꽃송이

---

1) 필자는 '제2회 서덕출 문학제'(2007. 12. 1)에서 발표한 내용 중 일부를 재인용하고, 본고에 맞도록 수정하여 논의를 전개하였다.

나무에나(b) 뜰 위에나(c)
동구 밖에나(d)
골고루 나부끼니(e)
보기도 좋네(f)

송이송이 눈꽃 송이
하얀 꽃송이
하늘에서 피어(a') 오는
하얀 꽃송이
크고 작은 오막 집을(g)
가리지 않고
골고루 나부끼니(e')
보기도 좋네(f')

-「눈꽃송이」 동시

개작 부분을 구별하여 표시(1절은 영문 대문자, 2절은 영문 소문자)하면 다음과 같다.

나) 원작에서 동요로 바뀐 작품

1.
송이송이 눈꽃 송이
하얀 꽃송이
하늘에서 내려(A) 오는
하얀 꽃송이
나무에도(B) 들판에도(C)
동구 밖에도(D)
골고루 나부끼네(E)
아름다워라(F)

2.
송이송이 눈꽃 송이
하얀 꽃송이
하늘에서 내려(a) 오는
하얀 꽃송이
지붕에도 마당에도(b)
장독대에도(c)
가리지 않고
골고루 나부끼니
아름다워라(d)

-「눈꽃송이」 동요

나)의 표시(영문 표기) 부분은 원작과 달리 동요로 개작한 부분이다. 이러한 원작과 개작 사이의 차이가 가지는 의미를 짚어 보자. 이는 앞에서 언급했듯이 원작을 대상으로 그 주제를 파악함과 동시에 형식미를 검토하고, 그 다음에 개작한 동요 가사를 비교하겠다.

(1) 개작 전의 주제

「눈꽃송이」의 1절 가사처럼 '눈'은 물리적, 시간적으로 볼 때, '내려 오는'(A)이라는 표현이 맞다. 하지만 작가는 원작에서 '피어 오는'(a)으로 묘사함으로써 '눈'에서 꽃의 속성을 간파(看破)한 것이다. 사실 '꽃은 내려오지 않고' '꽃을 피어 오기' 때문이다.

눈을 꽃에 비유했고, 그렇기 때문에 '송이', '송이'의 표현이 가능한 것이다. 여기서 「눈꽃송이」의 자연 관찰력과 낭송의 음악성을 동시에 발견할 수 있다. 이러한 음악성은 원작에서 쉽게 찾아진다. 크게는 구조로부터, 즉 A—B—A'—C 구조로부터 각각 음절 혹은 어구를 통해서 이루어지고 있다.

또 원작과 동요의 경우 '보기도 좋네'와 '아름다워라'라는 부분도 시각차가 난다. 즉 <눈꽃송이가 골고루 내리면 보기도 좋다>는 것과 <눈꽃송이가 골고루 내리면 아름답다>의 차이다. '아름답다'는 것은 심미안 혹은 현상안에 머물 수 있지만 '보기도 좋다'는 것은 현실의 인식, 즉 자신의 불우한 처지에서 아름다운 눈꽃송이가 내리는 것이 보기가 좋다는 것이다. 그런데 동요에서는 '아름다워라'라고 표현함으로써 현실과 거리가 먼 동심의 세계를 중심에 놓고 표현한 것이다. 이는 동심과 음악성을 염두에 둔 결과이다.

그리고 "크고 작은 오막 집을 / 가리지 않고"와 달리 개작해서 "지붕에도 마당에도 장독대에도"라는 부분도 비교해 보면 원작과 개작이 가지는 의미에서 확연(確然)한 차이가 난다. 즉 "지붕에도 마당에도 장독대에도"는 동심과 가족사의 공간이라는 측면이 강하지만 "크고 작은 오막 집"은 가족의 공간을 넘어서 당대의 민족의 현실적 삶의 공간으로 확대했다는 것이다.

이뿐만 아니라 공간의 한정에서 벗어나 공간 확대와 함께 차이(차별)를 넘어섰다는 시각을 이 작품에서 읽을 수 있다. '눈꽃송이'는 "크고 작은 오막 집을 / 가리지 않고 / 골고루" 나부끼기 때문에 차별(차이)이 있을 수 없다. 또 서덕출은 나무, 들(자연)과 동구 밖(인간 삶의 공간적 경계) 구별 없이 아름다운 눈꽃이 피는 것을 갈망하고 있다. 여기에는 자신의 불우한 처지와 민족 현실의 처지를 극복하면서 동시에 차이(차별)를 극복하려는 평등사상이 내재되어 있는 것이다.

(2) 개작 후의 대중성

「눈꽃송이」를 보면 1연의 5, 6행과 2연의 5, 6행만 다르게 표현하고 있다. 그리고 나머지는 동일 어휘와 동일 구조를 이루고 있다. 이는 노래를 부르는 대상이 어린이이기 때문에 그 느낌이나 가사의 내용이 복잡할 수 없다는 데에서 그 이유를 찾을 수 있다. 이를 정리하면 다음과 같다.

행 구별	기호	시적 상황	음악성	동요 개작 후 가사
1연 1~4행	A	겨울 눈 내리는 상황	입안에서 자연스럽게 흘러나오도록 표현	
5, 6행	B	자연(나무, 돌)과 현실 삶의 공간		① '나부끼니 →'나부끼네' ② '-도' : "함께한다"는 의미를 포함함
7, 8행	C	온 천지가 '눈꽃송이'로 뒤덮히기를 소망		"보기도 좋네" → '아름다워라'로 개작
2연 1~4행	A'	겨울 눈 내리는 상황	1연 1~4행의 반복	
5, 6행	b	현실 삶의 공간		① '나부끼나'→'나부끼네' ② '-도' : "함께한다"는 의미를 포함함 ③ "크고 작은 오막 집을/ 가리지 않고"→ "지붕에도 마당에도 장독대에도" : 공간의 한정에서 벗어나 공간 확대와 함께 차이(차별)를 넘어섰다는 시각이 드러남
7, 8행	C'	온 천지가 '눈꽃송이'로 뒤덮히기를 소망	7, 8행의 반복	"보기도 좋네" → '아름다워라'로 개작

위 동요시를 읽어 보면 곡으로서 기능이 확연하고, 또 낭송하기도 좋은 표현으로 이루어졌다는 것을 알 수 있다.

가령 "송이송이 눈꽃 송이 / 하얀 꽃송이 / 하늘에서 피어 오는 / 하얀 꽃송이"처럼 쉽게 곡으로 불려질 수 있다는 것이고, 또 쉽게 낭송될 수 있다는 점에서 좋은 동시의 성격2)을 가지고 있다. 뿐만 아니라 두 번 반복되는 점, 또한 낭송과 선명한 이미지의 생동감을 보여 준다는 점에서 주목하지 않을 수 없다. 이런 점 때문에 서덕출의 「눈꽃송이」는 어린이를 포함해서 대중에게도 쉽게 접근할 수 있다.

그래서 「눈꽃송이」의 음악성, 낭송하기 좋은 점, 선명한 이미지, 대상의 생동감, 따라 부르기 좋은 점 등등은 어린이뿐만 아니라 일반 대중에게도 영원히 사랑받는 생명성을 지닌 노래라 할 수 있다.

3. 마무리

노래를 부르기 위해 좋은 가사는 필요하다. 노래를 전제한 가사뿐만 아니라 이와 반대의 가사도 노래의 필요에 따라 개작이 이루어진

---

2) 김자연은 "좋은 동시의 조건으로는 사랑의 마음이 담긴 동시, 어린이의 생활과 경험이 일치하는 작품으로 공감이 큰 것, 시의 내용이 구체적이고 생생하며 이미지가 선명하고 생동감이 있는 동시, 리듬감이 있는 동시는 낭송하기 좋고 외우기도 좋다. 독창적이며 상상력이 풍부한 시, 자연과 인간이 하나로 어우러진 시, 이 밖에 드러나지 않는 동시, 상투적이고 추상적이지 않는 시가 좋은 동시"(「동시―동요·동시의 개념」, 『아동 문학 이해와 창작의 실제』, 청동거울, 2003, 125~126쪽)라고 지적했다.

다. 문제는 개작 과정에서 작가 의도에 따라 주제가 변화될 수 있다
는 점이다. 이런 관점에서 서덕출의 동요시와 동요를 검토의 대상으
로 삼았다.

앞에서 검토한 원작 「눈꽃송이」의 가치는 다음과 같다.

첫째, 자연 관찰력과 함께 음악성을 고려해서 창작했다는 점이다.

둘째, 자신의 불우한 처지와 현실의 삶에서 필요한 평등사상을 노
래했다는 점이다.

셋째, 동일 어휘와 구조(A : A', B : B'의 경우)를 통해 음악성을 뚜렷
하게 볼 수 있다는 점이다.

그리고 위에서 정리한 바와 같이 세 가지 원작의 가치와 달리 개
작은 특징의 다음과 같다.

첫째, 음절수의 변화를 주지 않았다.

둘째, 주제(작가 의도)가 축소되었다.

셋째, 동요의 기능이 강화되면서 군데군데 개작되었다.

참고문헌

김현숙(2003), 『두 코드를 가진 문학 읽기』, 청동거울.

김녹촌(1975), 「동시와 아동시의 차이점」, 『동시, 그 시론과 문제성』, 신진출판사(한국아동문학가협회 편).

김자연(2003), 「동시-동요·동시의 개념」, 『아동 문학 이해와 창작의 실제』, 청동거울.

박종석(2007), 『작가연구방법론』(수정증보판), 역락.

서덕출/ 정일근·안성길 엮음(2007), 『봄편지』, 울산작가회의.

이재철(1983), 『아동문학개론』, 서문당.

울산작가회의(2006), 『서덕출 문학 세미나』 자료집.

현대소설과 수필의 표절 논란

표절은 문학 작품에만 국한된 것이 아니다. 물론 본고에서는 문학 작품에 국한하여 논의하겠지만 표절 논란은 음악, 미술뿐만 아니라 다양한 장르에 걸쳐있는 것이 사실이다.[1] 제목에서부터 전체 내용까지

---

[1] 2008 부산비엔날레 운영위원장 이두식(60) 홍익대 미대 교수의 박사학위논문이 다른 논문을 표절했다는 의혹이 제기됐다. 문화예술시민단체인 '예술과 시민사회'는 24일 "이 교수가 2005년 받은 일본 교토 조형예술대 박사 논문의 PDF 파일을 분석한 결과, 본문 중 85%가 국내 11개 석·박사 학위 논문을 표절하거나 짜깁기한 것으로 드러났다."고 밝혔다. 해당 논문의 제목은 「회화에 있어서의 직관적 감성 및 자율성에 의한 기운생동의 표현 연구―한국적 전통 색채 의식과 운필의 결합」이다. 이 단체의 오상길 대표는 "책자로 된 논문을 구하지 못해 학술연구정보서비스(RISS)를 통해 입수한 PDF 파일을 대상으로 분석 작업을 벌였다."며 "1986년부터 2002년 사이에 나온 국내 석·박사 논문의 내용과 문장이 거의 일치하고 참고문헌 표기의 오류까지 동일한 경우도 있었으며 존재하지 않는 출처까지 표절했다"고 주장했다. 오 대표는 "2006년부터 문화예술계에 확산돼 있는 논문 표절 행태를 조사해 왔다."면서 그 가운데 표절 행태가 매우 심각한 사례를 공개해 문화예술계의 자정을 촉구하기 위한 것"이라고 말했다. 이에 대해 이 교수는 본보와의 전화 통화에

를 표절하는 다양한 경우가 우리 사회 곳곳에서 불거져 나오고 있다.

일례로 "출판사 위즈덤하우스에서 펴낸 책『살아 있는 동안 꼭 해야 할 49가지』는『다빈치 코드』를 끌어 내리고 9주 연속 베스트셀러 1위를 차지하고 있는 인생 에세이집이다. 국내에 거의 알려져 있지 않은 '탄줘잉'이라는 중국 필자가 쓴 이 책이 '리더스다이제스트' 등에 실린 글들을 출처 표시 없이 끌어 모아 짜깁기한 사실이 밝혀져 논란이 일고 있다. 위즈덤하우스 측은 원저에 탄줘잉이 편저자로 표기돼 있는 것을 저자로 둔갑시켰다고 뒤늦게 시인했다. (중략) 위즈덤하우스 측은 지난달 15일 자유게시판 댓글을 통해 '이 책의 저자는 탄줘잉이 맞다.'고 답변했다가 다시 지난 달 25일 홈페이지에 올린 공식 입장을 통해 '일부 글의 출처가 문제가 있는 것으로 확인됐다.'고 짜깁기 사실을 시인했다. 이 회사 이태영 사장은 12일 '사실 탄줘잉은 3분의 2를 직접 집필하고 나머지 이야기 15편은 끌어 모은 퍼지였다.'며 '우리가 잘못한 게 분명하며 독자들에게 사과드린다. 앞으로 인쇄할 책에는 탄줘잉을 편저자로 명기하고 이야기의 출처를 밝힐 것'이라고 말했다(≪동아일보≫, 2005. 4. 13)."는 보도도 있다.

이뿐만 아니라 책의 전부 중 요약하는 표절 방식도 문제가 된 사례가 있다.

서 "구술 테스트 등 모든 과정을 거쳐 작성된 논문으로 각주 등에서 실수는 있을 수 있지만 표절은 아니다."라면서 "이 논문은 나의 미술 세계를 다룬 작가론 형식의 논문"이라고 말했다. 이 교수는 홍익대 출신의 인기 서양화가로 1984년부터 홍익대 교수로 일해 왔다. 한국미술협회 이사장(1995~1998년)을 지냈으며, 올해 7월 2008 부산비엔날레 운영위원장으로 선임됐다(이광표 기자, ≪동아일보≫, 2007. 12. 25).

지난달 출간된 역사소설가 이기담 씨의 책『조선의 재산 상속 풍경』(김영사)이 2년 전 출간된 국사편찬위원회 직원 문숙자 씨의『조선시대 재산 상속과 가족』(경인문화사)을 표절한 것으로 밝혀졌다. 문 씨는 최근 표절 의혹을 제기한 내용 증명을 이 씨와 김영사로 보냈으며 이 씨가 표절 의혹을 인정함에 따라 김영사는 서점에서 판매 중인 책 2,500여 부를 회수했다. 경인문화사는 18일 이 씨의 책이 "2004년 11월 발행된 경인한국학 총서 31『조선시대 재산 상속과 가족』의 핵심 내용을 무단으로 절취하고 도용한 표절 출판물"이라고 주장했다. 표절 의혹이 제기된『조선의 재산 상속 풍경』은 조선 시대의 재산 상속 문서인「분재기」를 소재로 삼아 여성의 평등한 재산권 행사를 다뤘다. (≪동아일보≫, 2006. 9. 19)

심지어는 번역의 문제에서 번역자의 진위 여부까지 논란이 있었다.『마시멜로 이야기』는 지난해 11월 출간된 이후 9개월 만인 지난 8월 100만 부를 돌파했으며 9월 초까지 38주째 부동의 베스트셀러 1위(한국출판인회의 집계)를 차지해 왔다. 출판계에선 인기 있는 정 아나운서가 번역자로 돼 있는 게 판매에 큰 영향을 미쳤다고 평가하고 있다. 하지만 최근 전문 번역가 김 모 씨가 오마이뉴스와 인터뷰에서 "책 번역자로 제3자를 내세울 수 있으며 이를 비밀로 하기로 했다는 내용의 계약을 하고 내가 번역했다."고 털어놓음으로써 대리 번역 문제가 불거졌다. 이에 대해 그동안 4차례의 번역자 팬 사인회 등을 가지며 판촉 활동에 나서기도 했던 정 씨 측은 "황당한 주장"이라며 "출판사로부터 원문을 받았으며, 외국 유학 경험이 있는 남편의 도움을 받아 직접 번역한 것이 맞다."고 말했다.

한경 BP는 12일 해명 자료를 통해 "김 씨와『마시멜로 이야기』의 원서 번역을 계약하면서 계약서에 책 번역자로 제3자를 내세울 수 있고 이를 비밀로 하기로 명시한 것은 사실"이라고 시인하고, "그러나 김 씨는 책의 번역자로 자신의 이름이 명시되지 않을 것이라는 사실을 감수하고 계약했다.”고 밝혔다.

한경 BP는 또 “스타 마케팅 차원에서 정지영 아나운서에게 번역을 의뢰해 놓고, 번역이 처음이라 불안해 김 씨에게 이중으로 번역을 의뢰했다.”면서 “처음부터 여성적 취향과 감각이 뛰어난 정 아나운서를 번역자로 염두에 뒀다.”고 주장했다. 출판 관계자들은 “가뜩이나 출판 시장이 어려울 때 흔한 관행 갖고 너무 요란하다.”는 반응이 대다수이나 일부 네티즌은 “원저자와 번역자를 신뢰하고 책을 구입하는 소비자에 대한 배신이다.”, “정지영 아나운서에 실망했다.” 등 인터넷 공간에선 뜨거운 공방이 벌어졌다(조정진 기자, jjj@segye.com ⓒ 세계일보&세계닷컴, www.segye.com).

심지어는 동시에도 이러한 표절이 방대하게 퍼져있는 상황이다.[1] 「동시, 그 시론과 문제점」에 게재된 「표절동시론」[2](이현주, ≪한국아동문학≫, 한국아동문학인협회, 1975. 7)에는 표절 동시의 효시(嚆矢)로 1925년 ≪동아일보≫의 신춘문예 당선작인 한정동의 「소금쟁이」를 지적했다. 심지어는 어린이가 쓴 동시를 표절해 신춘문예에 당선하는 일까지 있었다.[3]

---

[1] 이영호, 「갈등 끝에 탄생한 한국 아동 문학인 협회」, 『문단유사』, 월간문학, 2002, 220~233쪽.

[2] 이현주는 가명이고, 아동문학가인 이오덕이 실제 집필자이다. “이현주의 이름으로 발표된 「표절동시론」은 필자(이영호)를 비롯하여 김종상, 박경용, 박경종, 이오덕, 정재호, 이현주 등 여러 사람이 자료를 제공하여 이오덕이 집필한 것이지만 이오덕은 같은 특집에 「부정의 동시」라는 글을 쓰고 있어서 자료 제공자의 한 사람이었던 이현주의 이름으로 발표한 글”이었다(이영호, 위의 책, 223쪽).

[3] 정규웅, 「신춘문예가 남긴 야화」, 『글동네에서 생긴 일』, 문학세계사, 1999, 200~

「할머니 주머니」는 어떤 독자가 '이 작품은 63년에 발행된 무학여중고 교지 ≪무학≫지 제11호에 게재된 「다홍 주머니」를 표절한 것이다.'라고 제보함으로써 문제가 되었다. (중략)
「할머니 주머니」의 경우는 당선자인 김정일이 스스로 표절 작품임을 인정하고 나서 신문사측에서도 하는 수 없이 당선을 취소하는 공고를 내기에 이르렀다. 한 가지 웃지 못 할 일은 당시 국민학교 교사였던 김정일이 실토한 바 '이 작품은 글짓기 시간에 어느 아동이 써 온 것을 손질한 것이었다.'는 것이다. 말하자면 김정일 자신도 어린이가 써온 이 작품이 ≪무학≫지에 실렸던 작품임을 알지 못한 채 적당히 손질하여 신춘문예 응모작으로 투고했다는 것이다.

중학교 교지에 실린 글을 초등학교 학생이 표절했고, 이를 초등학교 교사가 다시 표절해 1966년 ≪한국일보≫ 신춘문예 동시 부분의 당선작이 된 셈이다.
표절은 상업성과 함께 예술사의 정전(正典) 내지는 고전(古典)으로 편입된다는 점에서 심각한 문제다. 특히 본고는 문학과 관련하여 소설과 수필에서 표절 혐의가 있는 부분을 정리할 작정이다.

1. 신경숙의 소설

권위를 자랑하는 문학상은 '권위' 있는 작가로 인정됨과 동시에 한국문학사라는 거대함 속에 자리매김하여 한국사와 함께 한다는 점

201쪽.

에서 세간과 비평가의 관심 대상이 된다. 이런 측면에서 그 대표적 문학상과 작가를 꼽을 때, 그것은 바로 <동인문학상>과 신경숙이라는 작가이다. 그래서 1990년대를 대표하는 여류 작가 신경숙의 <동인문학상> 수상 논란에 관심을 가지는 것은 자연스러운 것이다. 1997년 6월에 발표된 제28회 <동인문학상> 수상작인 신경숙의 「그는 언제 오는가」에 대해 심사위원은 다음과 같은 선정 이유를 발표했다. 이에 대해 여러 평자들의 이야기를 정리한 글의 내용이다.

가) 선정 이유

인간의 운명을 지배하는 죽음의 문제를 정면으로 다루면서 그 허무의 극단을 극복할 사랑과 생명 의식을 섬세한 문체로 그려낸 작품이다. 연어의 모천회귀를 모티브로 삼아 길 떠나는 남녀의 여행을 통해 삶이란 죽음으로 가는 도정이고, 죽음은 본래의 자기 자신으로 돌아가는 회귀의 정점임을 선명하게 전하고 있다.

나) 선정 시비

① 연어의 모천 회귀는 한 동료 작가의 트레이드 마크처럼 돼 있고, '……가는 길' 등 여정 소설들도 근래 들어 또래 작가들에 의해 활발히 씌어지고 있는 것이 아닌가. 이미 나온 작품들에 비해 독특한 모티브도 줄거리도 없지 않는가. 심하게 말하면 동료 작가의 어느 작품과 어느 작품을 합성해 놓은 것 같기도 하다.

② 세상에…… 얼마나 궁색했으면 죽음의 문제를 정면으로 다뤘다고 했을까. 신 씨 특유의 문체나 소설적 분위기가 운명을 지배하는 죽음의 문제를 '정면으로' 다루기에 가당키라도 하나?

③ '까내린 엉덩이 위로 찬바람이 클렁 지나간다.' 물론 감각적이

면서도 감각의 저편을 환기시키는 뛰어난 표현이다. 그렇다고 '삶의 어떤 형식을 주는 표현'이니 '생명 의식 표현의 에로스적 감각'이란 평가는 너무하지 않나.

④ 수상집에 같이 실린 후보작들을 보아도 수상작에 결코 뒤지지 않은 작품들이 보이는데 왜 신경숙한테 돌아갔는지. 진정 유능한 작가와 문학사를 위한다면 다른 작가에게 돌렸어야 마땅하지 않는가. 아! 상업주의가 문학의 경향과 이념을 넘어 체면까지 집어 삼키고 있지 않는가.

―이경철, 「가버린 순수시인과 순수성의 확보를 위한 논쟁―작금의 문학상을 둘러싼
게릴라성 쑥덕공론」(≪문예중앙≫ 1997년 가을호, 223~224쪽)

이와 같은 논란은 표절이 갖는 시빗거리를 챙겨보는 데 의미가 있다. 시빗거리는 소설의 구성면, 작가 특유의 문체, 작가 표현력의 문제, 상업주의 문제로 요약할 수 있다.

이러한 문제점들이 객관적으로 받아들여지기 위해서는 평가에 대한 기본적인 합의가 있어야 한다. 그래서 문학상의 평가 기준에서 적어도 관심 있는 독자나 비평가들의 동의를 구할 필요가 있다. 그래야만 상의 권위가 서고, 수상자도 존경을 받을 수 있다. 그렇지 않다면 그들만의 잔치요, 그들만의 작은 축제에 불과할 수 있다. 문학상과 문학상의 작품 주변에 있는 작가와 독자와 비평가는 공생 관계에 있는 것이다. 뿐만 아니라 수상작이 문학사의 고전으로 자리매김할 수 있다는 점에서 표절 논란은 심각하게 생각해야 한다.

2. 권지예의 「봉인」과
박경철의 「사랑이 깊으면 외로움도 깊으랴」

최근에 권지예의 「봉인」(『꽃게 무덤』, 문학동네, 2005)은 경북 안동의
<신세계 병원> 원장이 쓴 수필집 가운데 「사랑이 깊으면 외로움도
깊으랴」(『시골 의사의 아름다운 동행』, 리더스 북, 2005)라는 작품에서 표
절했다는 혐의를 받고 있다.

그 내용은 다음과 같이 정리할 수 있겠다. 「사랑이 깊으면 외로움
도 깊으랴」는 작가가 레지던트 4년차 치프로 근무할 때 '복벽결손증'
에 걸린 신생아와 엄마의 사랑에 대한 이야기이다. 배꼽에서 명치까
지의 복벽에 커다란 타원형으로 결손이 생겨 뱃속의 위장, 소장, 대
장들이 바깥으로 쏟아져 나와 있는 신생아가 등장한다. 신생아의 복
벽의 결손이 타원형으로 너무 컸기 때문에 이를 봉합해야 한다. 그러
나 양쪽 피부를 당겨 봉합하면 복강의 공간이 좁아져서 장이 썩기
때문에 봉합할 수도 없고, 제자리로 장이 들어갈 수 있는 상황도 아
니다. 이런 신생아에 대한 절절한 어머니의 사랑 이야기가 우리에게
큰 감동을 준다.

시술의 방법은 사일로를 만들어서 중력의 힘으로 장을 뱃속에 자
리 잡게 하는 것이 최선의 방법이다. 사일로는 '장을 배의 중간으로
모아 바세린을 바른 거즈로 둘러싼 다음 아이스크림의 콘 모양으로
만들면, 중력을 아래쪽 장부터 배안으로 들어가서 자리를 잡게 되는
것'을 말한다. 신생아는 사일로 시술을 했지만 결국은 사망하고 만
다. 아이를 살리려는 아버지와 어머니의 노력에도 불구하고 아이는
죽고, 이를 너무 슬퍼한 엄마는 한 통의 고마움의 편지를 담당 의사
인 이 책의 저자에게 보내고 자살한다. 저자는 그 편지를 "사랑하는

마음의 극한을 보여주는 것이고, 사랑하는 사람을 잃는다는 것이 어떤 고통을 주는지를 고통스럽게 보여주는 것"이라고 밝혔다.

위와 같은 내용을 표절한 것으로 혐의를 받는 권지예의 「봉인」의 내용은 다음과 같다.

책은 단편 소설로 6개 소제목이 붙어있다. 「1-예감」, 「2-전율」, 「3-탄생」, 「4-작별」, 「5-후회」, 「6-소망」 등이다. 「1-예감」은 주인공 수옥의 여동생 수진이 결혼 8년 만에 아이를 출산한다. 「2-전율」은 수옥의 아이가 출생하지만 온전하지 못한다. 그리고 「3-탄생」은 표절 의혹이 짙은 부분이다. 그래서 그 내용을 본문에서 인용하면 다음과 같다.

(요약) 수옥과 제부는 의사와 함께 인큐베이터로 가서 '배를 가른 생선처럼 아이의 둥글게 뻥 뚫린 배 바깥으로 꼬불꼬불한 창자들이 엉겨서 쏟아져 나와 있는' 아이에 대한 내용이다. 이를 치료하는 방법은 장의 수분 증발을 막는 고어텍스 패치를 대는 것보다 사일로를 만드는 시술을 한다. 여기서 의사는 제부와 수옥에게 말한다.
…… "장이 배 안으로 자리를 잡도록 사일로를 만들어 유도한 다음에 시간을 두고 복벽이 성장해야 패치를 대고라도 복벽을 연결해서 꿰매는 수술을 할 수 있어요. 지금으로선 두고 보는 수밖에요." "사일로가 뭡니까?" 제부가 꺼칠해진 턱을 문지르며 물었다. "장을 배의 중간으로 모아 바셀린을 바른 거즈로 장을 둘러싼 다음 아이스크림의 콘 모양으로 만들면, 중력으로 아래쪽 장부터 배 안으로 들어가서 자리를 잡게 됩니다. 그걸 사일로라고 하죠." "아이의 생명은……" 수옥이 조심스레 물었다 (중략) 실낱같은 희망이라도 가져봅시다. 생명의 신비란 오묘한 거니까요. (285~286쪽)

이 대목은 「사랑이 깊으면 외로움도 깊으라」의 내용과 유사성이 짙기 때문에 표절 의혹이 제기된 것이다. 아이의 출생, 사일로 시술이라든가 아이 생명의 희망이라든가의 경우는 표절 의혹이 짙다고 할 수 있다.

「4-작별」은 아버지의 죽음과 여동생 수옥의 죽음이 아이의 죽음과 엄마의 죽음이 동시에 나온다는 점에서 표절 의혹을 받는다. 이는 소설 사건의 중요한 뼈대를 이룬다는 점에서 표절 의혹이 증폭되는 것이다.

「5-후회」는 옛 애인을 만나 잠시 그리움에 젖는다. 이는 현실 고통의 도피이면서 현실의 점검이다. 「6-소망」은 죽어가는 아이에게 희망을 갖기 위해 이름을 짓게 된다. 이 부분 또한 표절 의혹이 짙다. 전체적으로 이해를 돕는다면 다음과 같이 정리할 수 있겠다.

장르	사 건 전 개
수필	아이 탄생 → 엄마, 아이의 죽음 예고 → 아이 작명, 엄마의 희망 → 죽음
소설	아이 탄생 → 엄마, 아이의 죽음 예고 → 아이 작명, 엄마의 희망 → 죽음

그리고 표절 시비의 의구심을 보내는 것은 내용상의 문제뿐만 아니라 『꽃게 무덤』에 수록된 단편들을 쓰게 된 동기를 권지예는 책의 뒷부분에 분명하게 기록해 놓았다. 그런데 「봉인」(『세계의 문학』 2005년 2월호)만은 이 사건이 불거지기 전까지 다음과 같이 창작 동기를 밝혀놓았다. 책 뒤쪽의 내용을 인용하면 다음과 같다.

2004년 봄. 나는 그 봄이 마지막 봄인 줄 알았다. 오진으로 보름간 마음 고생하면서 가장 처절하고 아름다운 봄을 보냈다. 올해 봄 그토

록 아름답지는 않을 것 같다. (325쪽)

위의 인용에 따르면 창작 동기나 표절 여부, 혹은 인용 여부를 알 수 없다. 원전의 내용을 밝히지 않고 자신만의 이해와 작가 자신만의 창작 변용으로 작품을 세상에 내놓는다면 이는 분명 문제가 아닐 수 없다. 더구나 권위 있는 문학상의 수상작일 경우는 독자와 비평가에 대한 불신을 초래한다.

그는 <작가의 말>에서 다음과 같은 말하고 있다.

소설책을 낼 때마다 '작가의 말'을 쓰는 게 오히려 힘들다. 소설보다 힘들다는 애기는 물론 아니지만 사실 별로 할 말이 없다. 갓 출산한 산모더러 왜 아이를 낳았는지 말하라고 하는 것 같다. 그래서 좀 쑥스럽다. 그냥 작품들이 잉태되던 때를 잠깐씩 애기하고 싶다. (323쪽)

이 글에 따르면 그는 분명 작품의 창작 배경을 설명하고 있다. 그럼에도 불구하고 「봉인」에 대한 창작 배경은 전혀 언급하지 않고 문제가 되자 이를 밝히고 있음은 어떻게 설명할 것인가?

결국 이 작품은 표절 시비에 휘말리게 된 것이다. 표절 시비에 대한 심사원원들의 결론을 인용하면 다음과 같다.

1일 시상식까지 치른 동인문학상의 올해 수상작 『꽃게 무덤』에 대해 인터넷에서 표절 논란이 일어나 이 상을 주관하는 조선일보사와 심사위원들이 수상작을 다시 검토하는 일이 벌어졌다. 심사위원들은 4일 문제가 된 작품들을 검토한 뒤 "표절이 아니다"라는 결론을 내렸다.

이에 앞서 일부 누리꾼(네티즌)은 수상작인 권지예(45) 씨의 단편집 『꽃게 무덤』에 실린 단편소설 「봉인」의 내용이 경북 안동시 신세계병원 원장 박경철(41) 씨가 올해 4월 펴낸 수필집 『시골의사의 아름다운 동행』(리더스북)에 나오는 이야기와 비슷하다고 의혹을 제기했다. 수필집 가운데 「사랑이 깊으면 외로움도 깊어라」라는 글은 신생아에게 복벽 결손이 생겨 장이 바깥으로 나오려 하자, 이를 치료하기 위해 '사일로' 시술을 하지만 아이가 숨지고 결국 어머니까지 목을 맨다는 내용이다.

박완서 유종호 씨 등 동인문학상 심사위원들은 4일 오후 6시경 발표한 '표절 논란에 대한 입장'을 통해 "전통적으로 문학이 중시한 구성은 줄거리가 아니라 미학적 장치로서의 짜임새다. 두 작품을 검토한 결과 구성의 유사점을 발견할 수 없었다."고 밝혔다.

권지예 씨는 외부와 연락을 끊고 있다가 4일 밤 기자에게 보내온 e메일을 통해 "양심 없는 파렴치한이 돼버렸다. 오해가 계속될 것 같아 일일이 대응하기보다 혼자 있고 싶다."고만 밝혔다. 『꽃게 무덤』을 펴낸 문학동네 출판사는 "권 씨가 '인터넷에서 본 글을 소재로 가져왔으며 박 씨의 수필집에 들어 있는 것을 뒤늦게 알고 박 씨에게 e메일을 보냈지만 답신이 없었다. 다음 판부터는 출처를 넣겠다.'고 전해왔다"고 밝혔다.

심사위원인 이문열 씨는 "「봉인」이 표절이라면 신문 기사나 널리 알려진 일에서 글감을 가져온 「보바리 부인」, 「카라마조프의 형제들」 같은 고전들 역시 표절이 될 것"이라며 "작가에게 치명상이 될 '표절' 의혹을 너무 쉽게 제기하는 것 같아 참 난감하다."고 말했다.

—권기태 기자(kkt@donga.com)

수필의 경우 실제 체험의 문학이고, 소설은 허구적인 구성을 전제로 한다면 이의 감동은 전혀 다를 수 있다. 논란이 된 두 작품과 장르의 관계를 정리하면 다음과 같다.

장 르	수 필	소 설
창작 배경	실제 체험	수필을 통한 허구적 구성
주 제	신생아의 죽음과 모녀의 사랑	신생아의 죽음과 모녀의 사랑

작가들의 창작에 장르의 경계는 얼마든지 넘나들 수 있다. 좋은 작품을 완성하는 데 소재의 제한이 없다. 하지만 널리 알려진 소재를 가지고 다시 작품을 구상한다는 것은 다소 감동이 떨어진다는 점은 작가들에게 창작의 경구가 될 것이다. 주제가 동일하다면 감동이 원작보다 줄어들 수밖에 없다.

3. 신경숙과 권지예의 이야기

1990년 여류작단에 그 영향력으로 보자면 신경숙의 위치는 만만치가 않다. 그리고 최근의 권지예까지 가세한 여류문단은 그 영향력이 일반 독자들을 넘어서 한국소설사의 정점을 이루는 듯한 느낌을 지울 수가 없다. 때문에 이들의 표절 시비는 문학적 파장이 크다고 할 수 있다.

필자는 표절, 영향, 도작 등에 관한 논의를 하면서 고민이 많았다. 이런 고민은 쉽게 해결되지 않았다. 이런 고민 가운데 신경숙과 권지예가 놓인 것이다. 그래서 신경숙의 표절 문제와 권지예의 표절 논의는 많은 공통점이 있다는 것을 찾았다. 좀 더 구체적인 논증이 필요하며 필자의 치열하고 깊이 있는 분석력이 요구되는 표절 문제에서 조금 더 고민할 수 있는 여지를 남겨 놓음과 동시에 '표절'에 관한 신경숙의 논의를 박철화의 「문학 텍스트의 '표절'과 '영향'—신경숙 씨의 예를 들어」에 있는 글의 일부(179~180쪽)를 인용하는 것에서 독자의 이해를 구한다.

가)

"귀하./ 저는 이제는 고인이 된 안승준의 아버지입니다. 그의 주소록에서 발견된 많지 않은 수의 친지 명단 가운데 귀하가 포함되어 있었던 점에 비추어, 저는 귀하가 저의 아들과 꽤 가까우셨던 한 분으로 짐작하고 있습니다. 귀하께서 이미 듣고 계실는지도 모르겠습니다마는, 저는 그의 아버지로서 그의 돌연한 사망에 관해 이를 관련된 사실들과 함께 귀하께 알려드려야만 할 것같이 느꼈습니다."

"귀하./ 저는 이제 고인이 된 유의 어머니입니다. 유의 수첩에서 발견된 친구들의 주소록에서 귀하의 이름과 주소를 알게 되었습니다. 귀하의 주소가 상단에 적혀 있었던 걸로 보아 저의 딸과 꽤 가까우셨던 사람이었다고 짐작해 봅니다. 귀하께서 이미 알고 계실는지도 모르겠고, 참 늦은 일이라고 생각됩니다마는 그의 어머니로서 그의 돌연한 사망에 관해 알려드립니다."

나)

위의 인용문은 지난 91년에 숨진 재미 유학생 안승준 씨의 유고집 『살아는 있는 것이오』(1994, 삶과 꿈)에 서문을 대신해 실린 부친 안창식 씨의 글이고, 뒤엣것은 신경숙씨의 소설 「딸기밭」(『문학동네』, 1999년 여름호)의 한 대목이다. '안승준의 아버지'가 '유의 어머니'로 바뀐 것을 제하면 거의 동일한 글이라고 할 수 있다.

인용문에 이어, 바위 언덕에서 추락하면서 뇌에 손상을 입는 바람에 얕은 개울에서 빠져 나오지 못했다고 사망 원인을 서술하는 부분 역시 대동소이하다. 두 개의 글을 비교해 보면, 모두 여섯 문단에서 동일하거나 거의 유사한 문장과 표현이 발견된다.

「딸기밭」은 안승준 씨와는 아무런 관련이 없는 작품이다. 젊은 여자들 사이의 동성애라는 금지된 사랑의 관능을 그린 이 소설에서 '유의 어머니'가 '귀하'에게 보낸 편지는 극히 일부분일 뿐이다. 그러나, 소설 전편을 통해 간헐적으로 삽입되는 여섯 문단의 편지 전부가 안창식 씨의 편지를 약간 변형한 채 고스란히 옮겨 놓은 것이다.

다)

"그는 평소 인간과 자연을 깊이 사랑하였으며, 특히 권위주의의 배격이나 부의 공평한 분배 및 환경보호와 같은 문제들에 관해 다양한 관심과 깊은 의식을 가졌습니다." (안창식)

"저는 평소 그와의 대화를 통해 그가 인간과 자연을 사랑한다는 것, 기아 문제와 부의 공평한 분배, 그리고 환경 보호에 대해 관심을 갖고 있다는 것을 알 수 있었습니다." (신경숙)

라)

작가 신씨는 "승준 씨의 어머니에게 책을 받아 읽고 너무나 슬프고 감동적이어서 언젠가 소설로 써보고 싶다고 생각했다."며 "유족에게 누가 될까봐 출처를 밝히지는 않았다."고 밝혔다. 그는 "필요하다면 창작집을 낼 때 출처를 밝히겠다."고 말했다.

마)

9월 21일치 ≪한겨레≫ 24면 기사를 보고 해명과 거론의 필요를 느껴 이 글을 쓴다.

작년 9월께, 원주의 토지문학관으로 가는 버스 안에서 재미 유학생 안승준 씨의 유고집을 그의 어머니께서 주셔서 일행들과 함께 받았다. 서문을 읽으면서 아픔과 감동을 느꼈으며 소설로 차용해 보겠다고 옆자리의 동료에게 말하기도 했다.

내 소설 「딸기밭」을 보면 현재 활동하고 있는 가수의 노랫말이나 라디오 프로그램 멘트가 생략되거나 변용된 채 출처 없이 인용된다.

그 편지 역시 그 차원에서 내 소설 속에 용해될 수 있을 거라는 소박한 생각을 했고 또 소설화되면서 맥락이 달라져 유족에게 누를 끼치면 어쩌나 하는 마음이 앞서서 굳이 해당 부분의 출처를 밝히지 않았다.

최근 다시 생각해 보고 주위 사람들의 의견을 들어보니 그것은 내 불찰이었다. 전화를 통해 늦게나마 양해를 해주신 유족들에게 이 지면을 통해 다시 한 번 사의를 표한다.

긴 인용의 의미는 이 인용을 읽는 동안 작가와 비평가, 독자들이 표절에 대한 사고와 판단을 할 수 있다는 데 있다.

가)와 다)는 평론가 박철화가 신경숙의 「딸기밭」에서 표절의 부분이라고 주장한 대목이다. 나)는 표절 이유에 대한 지적이고, 라)는 창작 과정에서 있었던 작가의 말이다. 그리고 마)는 박철화의 표절 지적에 대한 신경숙의 입장과 자신의 심경을 표현한 글이다.

이러한 인용을 통해 가진 필자의 표절에 대한 판단은 한 마디로 '그리고 애매함의 진실'이라고 할 수 있다. 그러나 작가의 양심과 비평가의 독설, 그리고 독자들의 상업 출판에 대한 냉엄함이 이 문제를 해결할 수 있을 것이다.

박철화의 글에 반론을 제기한 신경숙의 글은 표절에 대한 상처가 어떤 것인가를 보여 준다. 글은 다음과 같다.

"나는 내 글쓰기가 적어도 사람을 상하게 해서는 안 된다는 것을 원칙 삼아 작가 생활을 해왔다. 하나 그 원칙을 끝까지 지키지 못하고 이런 글을 남기게 되어 안타깝다."

표절은 원작과, 독자, 비평가까지를 상하게 한다. 신경숙의 말마따나 작가들은 이 원칙을 지켜야 할 것이다. 그리고 독자나 비평가들은 작가의 집 앞에서 '초인종'(조성기, 「우리 시대의 소설가」)을 계속해서 눌러야 할 것이다.

참고문헌

김춘수(2003), 『시의 이해와 작법』, 자유지성사.

박철화(2002), 『우리 문학에 대한 질문』, 생각의 나무.

이명원(2003), 『파문』, 새움.

이경철(1997 가을호), 「가버린 순수시인과 순수성의 확보를 위한 논쟁－작금의 문학상을 둘러싼 게릴라성 쑥덕공론」, 《문예중앙》.

도작 · 표절 · 용사 그리고 애매함의 진실

　　좋은 작품을 창작하고자 하는 작가들의 욕망은 고대부터 지금까지 계속되고 있다. 이 때문에 많은 갈등과 함께 한국문학사의 검증 작업에 대한 기준 마련이 필요한 것이다. 그러나 그 애매함의 진실을 찾기란 쉬운 것이 아니다. 필자는 앞의 평문들을 통해 표절에 대한 나름의 고민을 해 왔지만 역시 그 애매함 속에서 한 발자국도 나서지 못한 느낌을 지울 수 없다. 여기에는 필자가 평소 표절에 관한 관심을 가지고 읽었던 몇몇 책에서 느낀 단상(斷想)들이다.

1. 도작과 용사 : 고경명과 이성중

　　『어우야담』¹⁾은 일상생활에서 일어난 일을 소재로 하였지만 한국 야담 문학의 지평을 개척했다는 평가를 받는다. 여기에는 좋은 시문을 도작(盜作)하는 이야기가 나온다.[2] 고경명(高敬命, 1513~1592, 조선 선조 의병장)이 광주에 한거(閑居)하고 있을 때, 서익(徐益, 1542~1587, 의주 목사)이 찾아가 시운을 주고받았다. 여기서 술과 함께 시운을 주고받는데, 서익과 친분이 있는 중이 고경명을 먼저 만났다. 이때 고경명이 중을 융숭히 대접하면서 서익이 지은 사운시(四韻詩)를 먼저 물었다가 서익을 만날 때 도작한다. 이 일로 인해 서익은 거짓의 술기운을 빌어 술잔을 내던지면서 말을 타고 고경명 곁을 떠난다는 이야기이다.

이 일화에는 도작이 사람을 잃게 된다는 경구가 숨어 있다. 현대 문학에서 사람을 잃게 하는 일은 도작뿐만 아니라 표절도 마찬가지이다.

표절(剽竊)과 용사(用事)의 경계는 참으로 어렵다. 표절보다는 용사는 이미 오래 전부터 좋은 시문을 짓는 한 방법이다. 그래서 앞의 이야기처럼 도작이라고 볼 수 없다.『어우야담』에는 또 하나 재미난 이야기가 덧붙어 있다.[3]

조선 시대에는 독서당(讀書堂)을 설치해서 문학하는 선비들을 모아 공부를 하였는데, 여기에는 일정한 재주와 덕망을 갖춘 자만이 들 수 있었다. 이성중(李誠中)이 독서당 후보에 올랐는데, 그의 실력을 의심하고 시기하는 자들이 많았다. 이때 한 선생이 그가 지은 시문을 읊

---

1)『어우야담』은 유몽인이 선조, 광해군 대에 걸쳐 여러 인사들의 일화와 민간의 야사, 가담항설을 모은 야담집이다. 실존 인물에 대한 기록이 많고, 그 기록은 초목, 귀신, 금수에까지 미쳐 당시의 사회상을 보는 데 좋은 자료가 된다. '어우'는 작자인 유몽인의 호이고, '야담'은 책의 성격을 명시한 말이다. 국문본과 한문본의 2종이 있는데, 국문본의 역자와 연대는 확실하지 않다.

2) 유몽인/ 시귀선·이월영 역,「고경명과 서익」,『어우야담』, 한국문화사, 1996, 110~111쪽.

3) 유몽인/ 시귀선·이월영 역,「삼구서당과 사구한림」, 위의 책, 112~113쪽.

으면서 그를 옹호(擁護)하였다. 그 시문은 다음과 같다.

> 사창(紗窓)이 눈처럼 흰 달에 가까이 있어,
> 등잔불 끄고 푸른빛 들이도다.
> 한잔 술 정중히 올리니,
> 밤 늦어도 돌아갈 줄 모르는구나.

이 시문의 수준이 높기 때문에 그를 추천해도 충분하다는 입장이었다. 결국 그는 독서당에 참여하였다. 이 시의 절창 부분은 "등잔불 끄고 푸른빛 들이도다[滅燭延淸暉]"인데, 이 부분은 시선(詩仙) 이백의 시구에서 용사한 것이라 하였다. 전체적으로 보아 이 시구의 절창이 없었다면 시의(詩意)는 다소 감할 것이 아닌가. 마땅히 시인은 용사(用事)할 일이지 도작(盜作)해서는 안 되는 일이다.

2. 표절의 욕망 : 정지상과 김부식

신경숙은 표절과 관련해서 "글쓰기가 적어도 사람을 상하게 해서는 안 된다는 것을 원칙 삼아 작가 생활"을 해야 한다고 했다. 그러나 도작으로 인해 고경명(高敬命)과 서익(徐益) 이야기처럼 사람 사이가 벌어진 이야기가 전해진다. 이뿐만 아니라 『白雲小說』에는 고려시대의 명문장가 학사(學士) 정지상과 시중(侍中) 김부식 이야기가 나온다.4) 여기에는 좋은 시문을 놓고 시비를 벌였다는 고사가 전해지고 있다.

이 이야기는 정지상이 산사의 고요함을 "琳宮梵語罷 天色淨琉璃 :

임궁에는 범어가 그치고 / 하늘 빛은 유리처럼 조촐하네”로 표현한 것을 김부식이 감탄하여 자기 것으로 만들려고 했지만 정지상이 이를 허락하지 않았다[世傳知常有 琳宮梵語罷 天色淨琉璃 欲作己詩 終不許]는 내용이다. 그 뒤로 정지상이 김부식에게 죽임을 당하자,5) 김부식이 “柳色絲絲綠 桃花點點紅 : 버들 빛은 천 올로 푸르고 / 복숭아 꽃은 만 점으로 붉네”라고 읊은 시를 보면서 “어찌 버들 빛은 올올이 푸르고 / 복숭아꽃은 점점 붉네”라고 하지 않느냐고 꾸짖자, 이를 김부식은 불쾌하게 생각한다. 이후에 변소에서 정지상이 귀신(鬼神)되어 나타나 김부식의 불알을 잡아 그를 죽었다는 내용이 덧붙어 있다.

이 이야기는 좋은 시문에 대한 문장가의 근원적 욕망이라고 할 수 있고, 또 표절의 욕망은 사람을 해치게 할 수 있다는 이야기이다. 두 일화를 볼 때, 고경명보다는 김부식이 낫다고 생각한다. 왜냐하면 고경명은 교묘하게 시운을 가로챘지만 김부식은 자기 시로 달라는 것이니, 교묘한 수보다 솔직한 수가 낫기 때문이다.

3. 시인의 고백과 용사 : 박목월의 「하관」

한 시인이 자신의 작품을 훌륭한 독자나 시인, 비평가들의 주목을 받는다는 것은 좋은 일이다. 그 좋은 시에 대해 비밀을 밝힌다면, 독자

---

4) 유재영 역, 『白雲小說』, 이회, 1979, 32~33쪽.
5) 김부식은 ‘묘청의 난’을 빌미로 정지상을 제거하게 됨―문학적 알력을 정치적 형태로 제거한 것은 아닌지 생각해 볼 문제이다.

나 감상자에게는 더욱 신뢰감을 가질 수 있다. 청록파 시인인 박목월의
「하관(下官)」이 여기에 속한다. 우선 그 전문을 소개하면 다음과 같다.

관(棺)이 내렸다.
깊은 가슴 안에 밧줄로 달아 내리듯.
주여
용납하소서.
머리맡에 성경을 얹어 주고
나는 옷자락에 흙을 받아
좌르르 하직(下直)했다.
그 후로
그를 꿈에서 만났다.
턱이 긴 얼굴이 나를 돌아보고
형님!
불렀다.
오오냐. 나는 전신(全身)으로 대답했다.
그래도 그는 못 들었으라.
이제
내 음성을
나만 듣는 여기는 눈과 비가 오는 세상.
너는
어디로 갔느냐.
그 어질고 안쓰럽고 다정한 눈짓을 하고.
형님!
부르는 목소리는 들리는데
내 목소리는 미치지 못하는
다만 여기는 열매가 떨어지면
툭 하는 소리가 들리는 세상

—「하관(下棺)」

이 시에 대해 김종길과 박목월은 대담(對談)한 적이 있다. 여기에 이 작품의 명구를 지적하였는데, 이 명구의 비밀을 시인이 밝힌 것이다. 김종길은 「하관(下官)」의 마지막 3행에 대해서 시가 도달할 수 있는 가장 높은 'Great Poetry[깨달음]'이라 극찬했다.[6] 그런데 이에 대해서 박목월은 이 '열매가 떨어지는 이야기'는 자신의 것이 아니라 "어디서 봤는지 기억이 나질 않습니다만, 혹은 어느 무명이나 신인의 작품 작품에서 그 비슷한 걸 본 것 같아요."라고 고백한 것이다. 이 고백이야말로 최소한의 시인의 자세가 아닌가.

이 고백 때문에 작품의 수준과 시인에 대해 달리 평가할 수 있다. 무엇보다도 작품의 전모를 이해한다는 점과 작가의 양심에 대한 태도를 본다는 점에서 긍정적이라 할 것이다. 이 대목을 극찬한 김종길은 다음과 같은 이야기를 하고 있어 의미심장하다.

> 설사 이 구절(句節)을 그대로 누구의 것을 따오셨다고 하더라도 이 작품의 문맥(文脈) 가운데에서였기에 이 만큼 산 것입니다. 엘리어트도 남의 것을 빌려 오는 방식으로써 그 시인의 역량(力量)을 알 수 있다고 한 적이 있습니다만 이런 건 별문제가 되질 못한다고 봅니다.
>
> —김종길, 「한국시인론」(『시론』, 탐구신서, 1965, 53쪽)

시인의 고백과 이를 평가하는 입장은 고려되어야 하지만 이 부분은 표절과 영향에 대한 하나의 지침을 주는 것이라 생각된다.

앞의 고경명과 김부식보다 솔직히 고백한 박목월의 시작 태도가

---

6) 김종길, 「한국시인론」, 『시론』, 탐구신서, 1965, 52쪽.

더 바람직하다고 본다. 그리고 이성중처럼 용사했으니 좋은 창작 자세라 할 수 있다. 이러한 요소를 두루 갖춘 시문을 하나 소개하면 김상용의 「남으로 창을 내겠소」를 들 수 있겠다.

4. 용사와 애매함의 진실 : 김상용의 「남으로 창을 내겠소」

전원파 시인 김상용(金尙鎔)의 「남으로 창을 내겠소」(『망향』, 문장사, 1939)는 우리에게 널리 알려진 시편이다. 이 작품이 가지는 의미는 27편의 시만을 출판한 김상용의 평가의 전부라고 할 만큼 좋은 명편이기도 하다. 전문을 인용하면 다음과 같다.

南으로 窓을 내겠소.
밭이 한참갈이
괭이로 파고
호미론 김을 매지오.

구름이 꼬인다 갈 리 있소.
새 노래는 공으로 들으랴오.
강냉이가 익걸랑
함께 와 자셔도 좋소.

왜 사냐건
웃지오.

특히 이 시에서 주목되는 바는 바로 '자연 관조의 태도'이다.[7] 이 시의 주목은 "일제의 탄압과 수탈이 극심했던 1930년대의 상황에서, 농토와 자연에 돌아가서 살 수밖에 없었던 불가피한 삶의 시대적 자세"[8]를 보여 준 것이라는 점에 있다. 사실 우리들은 시대 상황보다는 삶의 달관을 높이 평가하고 있다.

그래서 이 시의 압권(壓卷)은 시의 마지막 두 행인 "왜 사냐건 / 웃지오."이다. 이는 이백의 「山中問答」중 기구(起句)와 승구(承句)와 관련이 있다고 본 것이다.[9] 그 구절은 "問余何意栖碧山 / 笑而不答心自閑"이다. 여기서 박목월과 김종길의 대담을 생각하게 된다. 그리고 이성중의 용사를 생각하면 창작의 기본자세를 볼 수 있지 않는가. 그럼에도 불구하고 여전히 표절에 대한 애매함은 남는 것이다. 그 애매함의 진실은 어디 있는가?

5. 애매함의 진실 찾기

표절에 관한 끝없는 논란은 진실 게임을 방불케 한다. 과연 진실은 어디에 있단 말인가? 작가들은 말이 없고, 원작가는 시끄럽게 떠들고 있다. 누구의 말이 맞는지, 그 애매함의 진실을 알 수가 없다.

---

7) 문덕수, 「무위자연과 삶의 시대적 자세」, 『한국대표시평설』(증보판), 문학세계사, 1993, 152쪽.
8) 문덕수, 위의 책, 153쪽.
9) 문덕수, 위의 책, 156쪽.

속이지 말자고 이야기하지만 그 이야기를 어떻게 해석 하느냐에 따라 달라지기 때문에 또 다시 혼란(混亂)은 지속된다.

어느 시인은 독자나 비평가가 모르는 시인들만이 서로 아는 표절 형태가 있다고 한다. 1960년대 이근배의 「노래여 노래여」(64년 공보부 주최 신인예술상)와 조성기의 「밀림(密林)의 이야기」(66년 《중앙일보》 신춘문예)의 경우를 볼 수 있다. 그 전말은 다음과 같다.[10]

가)

당시 《주간 한국》은 「밀림의 이야기」의 표절 여부를 가리는 특집기사를 마련, 두 작품을 동시에 재수록하는 한편 당사자인 이근배와 조상기(우연일 수도 있지만 이들은 서라벌예대 문예창작과의 동기동창생이었다)의 의견과 신춘문예의 심사를 맡았던 서정주, 조병화, 박목월 등의 의견을 곁들여 표절 여부에 대한 판단을 독자들에게 맡겼다.

이 자리에서 이근배는 「밀림의 이야기」가 시어의 구사, 이미지, 리듬 등에 있어서 자신의 시 「노래여 노래여」와 너무나 닮아 있다고 주장하고 '이 정도면 우연의 일치라고 보기에는 도가 지나치지 않겠는가'면서 표절의 가능성을 강력하게 내세웠다.

반면 조상기는 「노래여 노래여」라는 작품은 읽어본 일조차 없는데 어떻게 표절이나 모방 같은 일이 있을 수 있겠는가고 반문하면서도 '그러나 문제가 된 다음에 이근배의 작품을 읽어보니 언어 구사의 유사성은 수긍이 간다'고 하여 여운을 남겼다.

---

10) 정규웅, 「신춘문예가 남긴 야화」, 『글동네에서 생긴 일』, 문학세계사, 1999, 200~201쪽

나)

　한편 심사를 맡았던 중진문인들의 의견은 제각기 구구해서 '표절이냐 아니냐'에 대한 뚜렷한 결론에는 이르지 못했지만, 서정주와 조병화가 '전체적인 느낌이 비슷하기는 하지만 그 정도의 유사성은 있을 수 있다'는 의견을 보인 반면 박목월은 '이번 일로 통절하게 느낀 바가 있다'고 말함으로써 표절을 인정하는 듯한 태도를 보였다.

　위의 인용에서 보듯이 가)의 두 시인의 태도는 뚜렷하게 차이가 난다. 이 두 작품의 표절 판단에 대해 나) 시인들을 구체적으로 지적하지 못했다.

　그렇다면 표절과 창작의 경계에서 그 '애매함의 진실'은 어디 있단 말인가. 작가들은 속이지만 속이지 않고, 독자들은 혼란스럽지만 혼란스럽지도 않다. 그런데 유독 비평가만 속지 않으려 하고 혼란스럽지 않으려고 한다. 그래서 비평가는 아무도 믿지 못한다. 그렇기 때문에 비평가의 몫이 바로 '애매함의 진실'을 밝히는 일일 것이다.

참고문헌

김종길(1965), 「한국시인론」, 『시론』, 탐구신서.

김학동 편저(1983), 『김상용 전집』, 새문사.

문덕수(1993), 「무위자연과 삶의 시대적 자세」, 『한국대표시평설』(증보판), 문학세계사.

송재소(1985), 「한시용사의 비유적 기능」, 한국문학연구(제8집).

유몽인/ 시귀선·이월영 역(1996), 「고경명과 서익」, 『어유야담』, 한국문화사.

유재영 역(1979), 『白雲小說』, 이회.

윤호병(1998), 『문학의 파르마콘』, 국학자료원.

정규웅(1999), 『글동네에서 생긴 일』, 문학세계사.

ㄱ

저자 **박종석**(chpark650@hanmail.net)

경남 산청 출생
동아대학교 국어국문학과 및 동 대학 대학원 졸업(문학박사)
동아대, 울산대 강사

저서

『송욱 문학 연구』(좋은날, 2000)
『송욱 평전』(좋은날, 2000)
『한국 현대시의 탐색』(역락, 2001)
『작가 연구 방법론』(역락, 2002) 2003년도 문화관광부 우수학술도서 선정
(수정증보판)『작가 연구 방법론』(역락, 2007)
『비평과 삶의 감각』(역락, 2004)
『현대시 분석 방법론』(역락, 2005) 2005년도 제2회 울산작가상 수상
『조연현 평전』(역락, 2006)
『정상으로 통하는 논술』(글누림, 2007)

논문

「송욱 시 해설」(『한국문학선집-시』, 문학과지성사)
「송욱의『시학평전』연구」(새미작가론총서『송욱』)
「고전시론과 현대시론의 한 접점 연구」(≪한국시학연구≫ 창간호)
「김수영의 성시론」(≪동남어문론집≫)
「윤흥길의『장마』론」(≪작가시대≫) 외 다수

현대시와 표절 양상

초판 인쇄 2008년 4월 25일 | **초판 발행** 2008년 5월 8일
지은이 박종석
펴낸이 이대현 | **편집** 양지숙
펴낸곳 도서출판 역락 | **등록** 제303-2002-000014호(등록일 1999년 4월 19일)
주소 서울시 서초구 반포4동 577-25 문창빌딩 2층
전화 02-3409-2058 | **팩시밀리** 02-3409-2059 | **전자우편** youkrack@hanmail.net
ISBN 978-89-5556-609-3 93810

정가 11,000원

* 잘못된 책은 교환해 드립니다.